PEDRA PAPEL TESOURA

INÉS
GARLAND

PEDRA
PAPEL
TESOURA

tradução
Laura Jahn Scotte

roça nova

título original
Piedra, papel o tijera

editora
Heloisa Jahn

curadora (literatura latino-americana)
Belén Carballo

coordenação editorial
Juliana Farias e Laura Di Pietro

revisão
Isabel Jorge Cury e Juliana Bitelli

capa
Marcelo Pereira | Tecnopop

diagramação
Valquíria Chagas

Este livro atende às normas do Novo Acordo Ortográfico em vigor desde janeiro de 2009.

Dados internacionais de Catalogação na Publicação (CIP)

G233p

Garland, Inés, 1960
Pedra, papel, tesoura / Inés Garland ; tradutora: Laura Jahn Scotte. – 1. ed. – Rio de Janeiro : Roça Nova, 2023.
192 p. ; 21 cm.

Tradução de: Piedra, papel o tijera.

ISBN 978-65-87796-11-6

1. Ficção argentina. I. Scotte, Laura Jahn II. Título.

CDD Ar863

Roberta Maria de O. V. da Costa — Bibliotecária CRB-7 5587

[2023]

+55 21 99786 0746
editora@rocanova.com.br
www.rocanova.com.br

PRIMEIRA PARTE
9

SEGUNDA PARTE
91

EPÍLOGO
183

Para Abril e seu pai.

PRIMEIRA PARTE

1

No dia em que conheci Carmen e Marito, o jardim da ilha amanhecera inundado. As árvores pareciam flutuar muito retas, e as casas dos vizinhos, do outro lado do rio, eram como animais aquáticos, imóveis sobre suas longas patas. Saí para a varanda na ponta dos pés para não acordar meus pais. Queria brincar no jardim antes que eles vissem a cheia, porque só quem gostava das cheias era eu; eles começavam logo a levantar os móveis e a geladeira e tínhamos que voltar para Buenos Aires. A água cobria cinco dos dez degraus que levavam à casa. Calculei a profundidade: acima do joelho, medida perfeita para brincar no fundo do jardim, entre os pés de tangerina e de laranja quincã, aonde durante os meses de inverno os adultos iam só nos domingos à tarde encher uma cesta para levar para a cidade. Caminhei a passos largos, movendo os braços para manter o equilíbrio, roçando a água com a ponta dos dedos — as asas, eu era um pássaro enorme prestes a alçar voo —, o barro se enfiava entre meus dedos e as folhas de grama solta grudavam nas minhas pernas. Carmen estava ali, um pouco antes da vala grande. Eu a vi de longe, sentada em um galho, com os pés na água, como se houvesse estado ali desde sempre. De seus pés brotava outra menina idêntica, de água, e as duas sorriam como o gato de *Alice no País das Maravilhas*.

Quando me aproximei, a menina de água se desmanchou e a que estava no galho desceu de um pulo. Era mais alta que eu. Vestia um short sujo de barro e uma camiseta listrada que tinha sido minha e ficava curta nela.

— Vamos pedir para minha avó dar café da manhã pra gente? — disse ela, como se falasse com uma velha amiga, e se afastou pela água com ares de princesa, movendo os braços magros como se fossem pás de moinho.

Sua confiança me prendeu a ela com um fio invisível e a segui sem perguntas.

— Agora vou morar aqui — anunciou enquanto cruzávamos a ponte a caminho da casa de dona Ángela.

Dona Ángela era a mãe dos vizinhos ilhéus e a avó de Carmen. Vivia com quatro dos oito filhos em uma casinha do outro lado do riacho que separava nosso terreno do deles. Eu nunca tinha estado lá e agora cruzava a ponte suspensa atrás de minha nova amiga, os olhos fixos na trança negra que dançava nas costas dela e que lhe chegava até o traseiro.

— Eu e meu irmão vamos morar na casa da minha avó — insistiu, virando-se. A trança chicoteou. — Ai, que falta de educação... Meu irmão e eu, quero dizer.

— Com seu pai e sua mãe?

Varreu o ar com a mão como se os pais fossem algo que se pudesse apagar assim, com um simples gesto (depois meu pai me disse que a mãe de Carmen abandonara os filhos para fugir com um marinheiro que morava em Comodoro Rivadavia e que o pai trabalhava em Tigre, em um estaleiro, e não podia cuidar deles). Dona Ángela estava no deque. A água cobria as tábuas do piso, a balaustrada e o banquinho descascados. Fim de semana após fim de semana durante toda a minha infância eu havia visto dona Ángela sentada no deque. Quieta, enorme, vestida de preto, com o cabelo branco bagunçado ao redor da cabeça, como uma nuvem, olhando o rio passar desde cedo pela manhã. Quando nos viu, ela levantou devagar e andou na nossa direção levantando um pouco o vestido que flutuava em volta de suas pernas. Se abaixou para me beijar. Uma corrente de prata muito fininha estava presa no vinco que dividia seus enormes peitos. Fiquei hipnotizada pelo que via: aquele lugar macio e morno, tão diferente do decote ossudo de minha mãe, balançava um pouco e me convidava a afundar nele, a me deixar envolver por sua doçura.

— Vamos, frito uns bolinhos pra vocês — disse dona Ángela, e fomos atrás dela feito pintinhos.

A casa dos ilhéus era um cubo de madeira adernado e não estava construída sobre palafitas. Meu pai sempre dizia que era preciso ajudá-los a construir uma coisa melhor, mas o plano era adiado a cada ano por diferentes motivos, e agora, pela primeira vez, pude entender por que meus pais tinham essa conversa toda vez que o rio subia.

Naquela manhã, a cozinha de dona Ángela era um espaço inundado, mal iluminado pela luz do sol que entrava por uma janelinha coberta por um pano velho. Uma nuvem de vapor saía da chaleira que fervia sobre o fogão de ferro e o ruído metálico da tampa que batia na boca da chaleira ressoava no silêncio. Vinda de algum lugar chegou a voz irritada de um homem.

— Alguém apague essa chaleira — disse.

O rosto dele apontou de um mezanino que se elevava como uma varanda acima do espaço da cozinha. Ele olhou para mim. Eu não conseguia ver seu rosto com clareza; a luz que entrava pela janelinha iluminava apenas um de seus olhos, fosco e cansado.

— Mamãe — protestou ele, erguendo a voz.

A mão quente de Carmen envolveu a minha.

— Vou fritar uns bolinhos para as meninas, Tordo — disse dona Ángela, e o rosto desapareceu na escuridão como por feitiço.

— Vai acabar a farinha — disse a voz do Tordo.

— Chico tem que ir ao armazém hoje à tarde — respondeu dona Ángela. E correu o pano da janelinha para abri-la.

A claridade iluminou um par de pernas magras que pendiam do mezanino, os dedos dos pés se abriram e se fecharam como um leque e soltaram uma nuvenzinha de terra que ficou suspensa no ar. Ergui os olhos. Sobre minha cabeça, como uma aparição, vi pela primeira vez o rosto de Marito, sua pele brilhante, seus olhos muito pretos, seu nariz, seus lábios carnudos e zombeteiros, a pequena cicatriz que, depois eu soube, uma mordida de lontra havia deixado em seu lábio superior.

— A Pinta pôs um ovo na viga! — disse ele, e se deixou cair ao meu lado segurando no ar um ovo branco e liso.

— Você molhou a gente! — disse Carmen, irritada.

— Porque vocês estavam muito secas mesmo — disse ele.

Carmen e eu olhamos para nossas pernas afundadas na água até as coxas e começamos a rir. Carmen, que ainda segurava minha mão, virou-se para mim, e desse jeito, uma de frente para a outra, ríamos como se o que Marito havia dito fosse a coisa mais engraçada do mundo, como se não existisse mais nada no mundo além dessa vontade de rir.

Anos depois daquela manhã inundada, uma bruxa me disse que não era a primeira vez que eles e eu estávamos juntos neste mundo. Nossas almas, afirmou, já se conheciam e haviam voltado a esta vida para partilhar um sonho.

2

Numa segunda-feira, em meados daquele outono, Mabel, a mãe de Carmen e de Marito, voltou. Veio sem o marinheiro e com o bebê que havia tido no Natal anterior, mas não a conheci porque na sexta à tarde, quando cheguei, ela já havia voltado para Comodoro Rivadavia. Disse a todo mundo que tinha ido visitar os filhos, mas ninguém acreditou. Quando foi embora deixou o bebê, como se o tivesse esquecido — ou pelo menos era o que dizia Carmen, que decidiu tomar conta do irmãozinho e o levava conosco para todo lado dentro de um pano triangular que dona Ángela fez com um de seus vestidos velhos.

— Podíamos chamá-lo de Mogli — eu disse, quando o vi.

Naquela semana havia terminado de ler *O livro da selva*, e o bebê, com seu cabelo preto que parecia uma escova e seus olhos grandes, lembrou-me as ilustrações de meu livro.

— O nome dele é Lucio — respondeu Carmen e, pela cara que fez para o meu lado, percebi que não tinha gostado nem um pouco da minha ideia.

Mas da brincadeira das lobas ela gostou, e durante vários fins de semana íamos para o fundo do jardim, montávamos uma espécie de ninho com folhas secas, deitávamos Lucio sobre o pano, engatinhávamos ao seu redor uivando e lambendo o rosto dele, nos deitávamos ao lado dele envolvendo-o com o corpo para protegê-lo de Shere Khan. Lucio agitava os braços e as pernas e dava gritinhos como se estivesse adorando a brincadeira. Até Marito, uma tarde, fingiu que era o líder da alcateia e saímos os dois para caçar nas proximidades do covil enquanto Carmen tomava conta do bebê.

Em fevereiro, Carmen e eu havíamos começado a construir uma casinha sobre as árvores da ilha do meio. Um domingo decidimos terminá-la e mudar para lá uns trecos e nossa caixa de livros. Tordo nos proibira de levar Lucio no bote, então o deixamos no deque dentro de um caixote que Marito havia construído e no qual pusemos um pequeno colchão. Já entardecia e todos estavam em suas casas, menos Marito, que pescava rio abaixo, no deque abandonado. Da nossa casa na árvore podíamos ver bem o deque de dona Ángela. Achamos que se Lucio chorasse poderíamos chegar num instante e, convencidas de que ele não corria perigo algum, cruzamos para a ilha em frente para trabalhar na construção de nossa casa.

Mais tarde, sempre que contávamos uma para a outra como tudo havia acontecido, nenhuma das duas achava que tivéssemos passado mais de cinco minutos sem olhar para Lucio. Cada uma estava com um martelo e uma caixa de pregos. Começamos a pregar as tábuas nos galhos do salgueiro com a concentração necessária para não martelar um dedo, mas entre um prego e outro olhávamos na direção do deque e víamos os pezinhos dele aparecendo na borda do caixote quando ele sacudia as pernas no ar. A cada tanto ouvíamos seus gritinhos felizes, porque Lucio era um bebê alegre e quase nunca chorava.

Só percebemos a cheia quando já não havia nada a fazer. Foi como se o rio tivesse decidido subir de repente e avançado sobre a terra em absoluto silêncio, traiçoeiro, com o propósito imperturbável de levar Lucio. Carmen foi a primeira a perceber e deu um grito. Eu levantei os olhos de uma madeira que estava me dando mais trabalho e logo vi o que havia acontecido. Acho que também gritei. Carmen já estava no chão, correndo para o bote. O caixote tinha desaparecido.

Papai, mais tarde, disse que saiu para a varanda quando escutou meus gritos e que me viu desamarrar a corda e Carmen começar a remar antes de eu subir para o bote. Eu já estava com um pé sobre a tábua da popa quando o bote se separou da terra de forma brusca. Gritei. Não sei se foi o bote ou a terra que escapou primeiro debaixo de meus pés, mas caí na água com as pernas abertas e uma dor intensa na virilha. Carmen parou de remar e por um momento não soube o que fazer. Eu me agarrei à borda do bote e subi encharcada. Papai, já no deque, perguntou o que estava acontecendo. Carmen tinha começado a chorar e eu tremia tanto que não conseguia responder.

— O rio levou o Lucio — disse Carmen. Ao lado da gente passou um pássaro flutuando de barriga para cima.

Mal deu para ouvir o grito de Marito, e no início não sabíamos de onde vinha. Olhamos na direção do deque abandonado, onde o víramos pela última vez, mas o deque estava deserto sob a luz cada vez mais escassa. Percorremos a costa com os olhos e, rio acima, com água até a cintura, vimos Marito fazendo sinais desesperados para nós, com os braços levantados.

Carmen já estava remando naquela direção, e eu fiquei em pé na popa de pernas abertas, apesar da dor, para olhar para a frente, na esperança de ver o caixote flutuando à deriva. Tremia em espasmos, e a roupa colada ao meu corpo parecia feita de gelo. Pela primeira vez na vida odiei a cor do rio. De repente, ele parecia outro, com sua correnteza e sua capacidade de engolir uma pessoa sem deixar rastros.

Quando nos aproximamos de Marito vimos que ele fazia sinais apontando para a margem em frente, e ali, com uma ponta presa entre os juncos, estava o caixote, girando sobre si mesmo, agora se soltando para seguir o curso da corrente. De onde estávamos não dava para ver Lucio.

Carmen virou a proa para o caixote e remou com força, mas o caixote ia mais rápido que nós. Uma única fileira de madeiras saía da água: estava afundando. Marito corria pela margem e naquele momento se atirou na água e saiu nadando. Vi um pezinho. Mal ele apareceu e o caixote se inclinou com o movimento. Por um instante achei que ia virar, que veríamos Lucio cair no rio e desaparecer. Me atirei na água.

Só me dei conta mais tarde, quando papai me falou, de que quando alcançasse o caixote seria muito difícil me manter na superfície e empurrá-lo ao mesmo tempo, mas eu não estava pensando no que faria quando chegasse perto de Lucio. Eu simplesmente nadava para junto dele.

Quando faltavam algumas braçadas para eu chegar, ouvi a ordem de Marito:

— Nade para os juncos — disse. — Eu pego o Lucio.

Sua voz teve a força de me fazer obedecer.

Senti a lama sob meus pés ao mesmo tempo que um cansaço mortal transformava minhas pernas e meus braços em um fardo inamovível. Agarrei-me a um punhado de juncos. Apenas alguns metros adiante, Marito chegava à margem e segurava Lucio, que começava a chorar, no colo. Abraçou-o com muita força e avançou na direção da parte onde havia uma espécie de praia.

Pelo meio do canal, papai chegava na lancha, e Carmen, recolhendo os remos para dentro do bote, saltava para terra com a corda.

Rio acima dava para ver a ponta do caixote, cada vez mais longe, e, um instante depois, nada.

3

Dos quatro filhos que moravam com dona Ángela, eu só conhecia dois: Tordo, que era o mais velho, e Chico, o caçula. Os outros dois trabalhavam nos fins de semana fazendo biscates e, mais ou menos nessa época, foram morar em Corrientes.

O marido de dona Ángela se chamava Cátulo e era de Santiago del Estero, mas a deixara quando os filhos eram pequenos. Ela dizia que o marido nunca se acostumara com a água e que na grande cheia de 1937 voltara para Santiago sem lhe dizer uma palavra, como se a culpa da inundação fosse dela. Depois, havia começado a mandar-lhe alguns postais com poucas palavras a cada dois ou três meses, que foram rareando até chegar a apenas um no Carnaval.

— Só escreve de bobo que é — dizia ela.

Um ano depois que Carmen e Marito se mudaram para a casa da avó, o avô Cátulo veio de visita. Foi um grande acontecimento, que perdi porque coincidiu com as férias de inverno e eu estava em um campo em Sierra de la Ventana, mas Carmen me contou todos os detalhes quando voltei.

O avô não falava muito, disse, mal os cumprimentara, mas havia trazido umas nozes carameladas deliciosas e um disco de zambas santiaguenses que mamãe gravou em uma fita cassete para que pudéssemos escutá-las no gravador que levávamos nos fins de semana. Dona Ángela disse que o presente era uma maldade, que o avô sabia perfeitamente que ela não tinha toca-discos, e Carmen os ouviu discutir durante os três primeiros dias porque o avô dizia que como ia saber que em todos esses anos eles não tinham comprado um toca-discos; a avó ficava calada e depois voltava ao ataque dizendo que ele sabia perfeitamente que na ilha não havia luz, e para que ela ia comprar um toca-discos se não havia luz? Carmen me contou também que os avós haviam passado dias inteiros sentados em cadeiras de vime atrás da casa olhando o terreno dos fundos.

— Ele não quer ver o rio porque o culpa por sua solidão — dizia dona Ángela nos primeiros tempos depois da visita.

E ria de quão diferentes são as pessoas, porque o rio, para ela, era uma grande companhia.

— Com isso que ele tem de passar e passar e estar sempre em movimento, tira a importância das coisas — dizia.

Bastava vê-la sentada no deque, horas e horas, com o olhar perdido e as mãos repousando sobre o regaço, para saber que era verdade.

Acho que as crianças teriam gostado que o avô ficasse. Tinha olhos cinzentos, disse Marito, mãos muito enrugadas, e tocava cajón peruano. Marito se apaixonou pelo cajón peruano. Naquele inverno, montava a cavalo em qualquer toco de árvore, batendo nele entre as pernas abertas e movendo-se como se realmente o fizesse soar. Anos depois, voltou de Santiago com um cajón peruano de verdade que alguém tinha lhe dado e andava com ele para todo lado.

Nas duas semanas passadas com o avô Cátulo, dona Ángela tinha tomado vinho e cerveja, e as crianças a haviam escutado rir no escuro quando achava que todos dormiam.

Quando a vi depois das férias, estava muito mudada. Ela, que era sempre tão silenciosa, tinha se tornado conversadeira e seu olhar se iluminava a todo momento como se estivesse pensando em coisas boas. Resolveu plantar gerânios em umas latas velhas e até pediu a mamãe uma muda de azaleia para ver se conseguia embelezar um pouco seu jardim, como disse.

Depois foi ficando calada e após alguns meses parou de falar e voltou a sentar-se no deque para ver o rio passar.

Papai dizia que dona Ángela tinha o mal do salgueiro. Uma vez, quando eu já era grande, me disseram que é assim que chamam a inércia de que acusam os ilhéus, uma inércia que não os deixa trabalhar nem terminar as coisas e que vem de tanto olhar o rio. Para mim é outra coisa. O rio sempre foi minha casa, a casa de Marito, meu lugar no mundo. O mal do salgueiro, para mim, é mal de amor.

4

Dona Ángela, Carmen e Marito adoravam o Tordo. Eu sentia medo dele. Ele tinha um jeito de me olhar, sempre de longe, que parecia significar que em seu mundo não havia lugar para mim. Eu sabia por Marito que o Tordo contava histórias maravilhosas e que quando ficava triste ia remar sozinho e cantava canções cheias de nostalgia em um idioma que eles não entendiam, mas para mim ele nunca contou nenhuma história nem falou mais do que duas ou três palavras. Ainda assim, de tanto que meus amigos o amavam, eu também o amei um pouco e, anos mais tarde, entendi o que havia por trás de seus humores violentos e de sua desconfiança e dei razão a ele.

Mamãe dizia que ele era um ressentido. Ressentido e dissimulado, dizia, e punha a culpa na húngara que aparecera na ilha vinte anos antes, quando o Tordo completou dezoito anos. Todos diziam que era a mulher mais bonita que já haviam visto por lá desde que dona Ángela deixara de ser jovem (embora eu não conseguisse imaginar dona Ángela jovem, meus pais falavam muito sobre sua beleza na juventude). A húngara tinha atracado no deque num sábado de manhã e desembarcara como uma viking em terra virgem — essa foi a descrição que papai me fez mais tarde —, alta, orgulhosa, com seu cabelo dourado, seus olhos azuis e seus quase quarenta anos que, segundo papai, era a idade de ouro da mulher e, segundo mamãe, era a idade de ouro da húngara e de mais ninguém. Sem explicar nada, ela passara na frente de dona Ángela com uma inclinação de cabeça e avançara diretamente para buscar o Tordo no galpão onde punham os juncos para secar. Ninguém sabia onde ela o vira antes, mas naquela mesma manhã o Tordo subiu no barco atrás dela e desapareceu por todo o fim de semana, como a partir de então faria toda vez que ela viesse buscá-lo.

Papai contava que a húngara não era húngara, mas alemã, e que a casa dela estava cheia de livros que ela dera para o Tordo ler e que por isso ele havia ficado ressentido. E dizia que meus amigos acabariam como ele, porque saber ler era muito bom, mas ler tanto, com uma realidade como a deles, era um veneno. Eu não conseguia fazê-lo explicar o porquê dessa afirmação, mas era algo com que mamãe e papai estavam totalmente de acordo — ela assentia e parecia genuinamente preocupada com o destino de meus amigos — até papai continuar, dizendo que o pior era que a húngara lera para o Tordo entre beijos, porque essa combinação era mortal. Mamãe achava que não era adequado me falar esse tipo de coisa, começava a olhar para ele com cara de desagrado e a lançar-lhe olhares fulminantes, que papai achava divertidíssimos. Para mim, a imagem do Tordo e da húngara se beijando em uma cama cheia de livros encadernados em couro vermelho e preto como os que havia em nossa casa, submersos no cheiro das páginas e no sal dos beijos — porque um verão eu ouvira um menino na barraca ao lado dizer que os beijos eram salgados —, me encheu de sensações confusas nos anos que precederam minha adolescência.

— O Tordo não te odeia, Alma — me disse Carmen uma tarde quando criei coragem para confessar-lhe o medo que sentia de seu tio. — Só tenta tomar conta de nós.

Tínhamos nos escondido entre os juncos recém-cortados. Gostávamos de nos esconder ali porque tinham proibido a gente de fazer isso e era como andar no meio de um jogo gigante de pega-vareta, separando os juncos que haviam caído das pilhas com a ponta do pé para encontrar terra firme sem esmagá-los. Estávamos sentadas de frente uma para a outra entre duas montanhas de juncos. O ar picante nos envolvia como uma água fria com cheiro de barro. Devo ter olhado desconcertada para minha amiga.

— Ele diz que quando você vier com seus amigos vai fazer como a húngara, que nunca vem atrás dele quando está com outras pessoas.

— Você é a minha melhor amiga — respondi. — Eu nunca faria uma coisa dessas com você.

Fiz uma cruz sobre os lábios para selar o juramento e quis fazer um pacto de sangue que Carmen não aceitou. Mas ficaria provado que o Tordo tinha razão: anos depois eu iria romper meu juramento. Não sei se Carmen me perdoou — nunca cheguei a perguntar —, mas tive que reconhecer que era capaz de fazer uma coisa que me parecia imperdoável, algo que sempre condenara nos outros. Ainda sinto vergonha ao lembrar disso.

Naquela tarde entre os juncos decidi que o tempo mostraria ao Tordo que eu não era como a húngara. Por outro lado, saber o motivo de sua hostilidade me fez perder o medo dele. A partir de então, sempre que a húngara passava com o barco cheio de amigos e ele se trancava em casa, eu dividia com Carmen o ódio e a mágoa e me sentia do lado do Tordo, contra a húngara e seus amigos e contra seu ar de superioridade.

5

Que poder teria a húngara, que transformava o Tordo, um homem orgulhoso e até feroz, em cordeirinho que a seguia mansamente cada vez que apetecia a ela?

Carmen e eu nos fazíamos essa pergunta o tempo todo, e não sabíamos o que responder. Em um verão, três anos depois da cheia em que quase perdemos Lucio, organizamos uma expedição à casa da húngara para investigar a questão a fundo. Precisávamos ver os dois juntos, "na cena do crime", como dizia Carmen, que mais ou menos nessa época começara a ler romances policiais.

Quando embarcamos no bote, Marito está preparando seu caniço no deque de dona Ángela.

— Aonde vocês vão? — pergunta.

Engancha uma minhoca, que se remexe entre seus dedos.

Já faz algum tempo que nossas brincadeiras juntos começaram a rarear e que ele deixou de frequentar a casa na árvore. Nossas expedições à ilha do meio, onde assamos carapicus no espeto e contamos uns para os outros as coisas que nos aconteceram durante a semana que passamos separados, não o interessam mais.

— Descer o rio — responde Carmen.

— Olhem que na volta vocês vêm contra a corrente.

— Já pensamos nisso — diz ela. E prepara os toletes. — Não é tão difícil — diz pra mim —, na volta a gente se reveza.

Ficamos ali, sem zarpar. Marito já não olha para nós. Seu corpo se inclina para trás, seu braço traça um arco e lança a chumbada, um assobio que voa pelo ar e cai com uma pancada no meio do rio; os círculos de água vão se abrindo um depois do outro até desaparecer. Desato a corda. Enrolo-a com cuidado. Quero ficar. Quero continuar olhando para Marito, sentar perto dele à espera da fisgada, adivinhar o peixe que se aproxima, que salta quando sua boca fica enganchada no anzol. É um bom dia para pescar. Uso os juncos para empurrar-me para fora, devagar. A gente se afasta. O caniço de Marito se dobra para baixo. Ele dá um puxão, um peixe pequeno salta na água tranquila e os braços de Marito se tensionam, recolhem a linha. Seu corpo cresceu sem que eu me desse conta. O meu também. Desde quando sinto um nó no estômago quando olho para ele?

Carmen e eu acompanhamos atentamente a breve luta de Marito e ele ergue seu troféu para nós; a distância não permite que eu veja seu sorriso, mas sei que está sorrindo. Antes fazíamos uma cerimônia ao redor da pesca do dia, uma dança de agradecimento que era uma mistura de ritual africano com dancinha da Puna. Agito os braços para celebrar com ele.

— Acho que era uma curimã — diz Carmen, remando energicamente.

Ela tem braços fortes e por baixo da camiseta seus seios firmes se movem com liberdade. Eu passo pela vergonha de ter uns mamilos inchados e pontudos que doem ao menor contato. Tento tapá-los com sutiãs folgados, sinto que todo mundo ri deles e me atormenta a certeza de que essa será a forma definitiva do meu corpo.

— Acho que vou ser freira missionária — digo, quando passamos a foz do arroio.

Estamos passando muito perto dos galhos de um salgueiro e Carmen recolhe os remos para dentro do bote com um golpe seco e olha para mim. O bote segue avançando à deriva.

— Por que missionária?

— Porque quero viajar.

— E você vai usar véu?

Ela sabe que me orgulho de meu cabelo comprido, que o escovo antes de dormir e que o cabelo é a única coisa em mim que eu não gostaria de mudar.

— A freira que visitou a escola no outro dia não usava véu.

— Ah, quer dizer que pode ser que você vire freira...

Inclina-se sobre a borda do bote e mergulha a mão no rio, molha a nuca, a água escorre pelo seu pescoço e deixa um triângulo molhado em sua camiseta. A pele de Carmen é lisa e macia.

— Era terceiro-mundista, a freira.

— Como assim?

— Cuida dos pobres do Terceiro Mundo.

— Eu pensei que só existisse um mundo. E você quer ser freira para ir para o Terceiro Mundo?

— Sim.

— E onde ele fica?

— Em lugares como a África. Existem Primeiro Mundo e Terceiro Mundo. O que não tem é Segundo Mundo.

Carmen parece avaliar a informação. Ela não se interessa pelo que chama de dados inúteis, que depois ocupam a memória de que ela tem necessidade para outras coisas.

— Você quer ir para a África — diz.

Passei a semana inteira pensando em contar para Carmen que queria ser freira e agora que fiz isso me sinto uma boba.

Peço os remos.

Carmen fica esperando que eu responda e se dá conta de que não vou dizer mais nada. Começa a cantar:

— *Ô, marinheiro, marinheiro,*
Quem te ensinou a nadar,
Marinheiro, foram as ondas do rio,
Foram as ondas do mar.

Sinto na palma das mãos a ardência do roçar dos remos. Amanhã vou estar com duas bolhas vermelhas cheias de água. Marito tem calos. Quando digo pedra e ele diz papel, envolve minha mão com sua mão calosa.

— Não sei se quero ser freira.

O rosto de Carmen se abre num sorriso.

— Quem sabe a gente procura outra razão para viajar? Vamos para Salvador da Bahia — diz —, a cidade da canção.

Por trás dos salgueiros começamos a avistar o telhado da casa da húngara.

6

A casa da húngara ficava no fim do canal, em uma ponta de terra de onde à noite se via a cidade iluminada. Em frente à casa, do outro lado do canal, havia uma touceira de juncos onde os ilhéus trabalhavam em janeiro cortando e armazenando os talos e aonde, nos fins de tarde de verão, Carmen e eu íamos para ver a lua cheia aparecer.

Nossa expedição foi na época das madressilvas. Assim que entramos no riacho onde a húngara atracava seu barco, fomos envolvidas pelo perfume doce das flores. Amarramos o bote na balaustrada do pequeno deque. As cigarras cantavam no ar parado. A casa, construída sobre palafitas e rodeada por uma varanda coberta, parecia flutuar no calor. Nós nos aproximamos e subimos os degraus com cuidado. Sabíamos que o Tordo ficaria bravo se nos visse.

Carmen conhecia a distribuição dos quartos porque começara a fazer faxina por lá em algumas tardes para ganhar um dinheirinho. Dizia que a húngara tinha muitos livros e uma foto em preto e branco dos pais em uma praça com pombas que não era a Plaza de Mayo, e que ela precisava deixar a foto sempre do mesmo jeito e pôr na frente dela um vasinho com flores frescas. Eu tinha muita vontade de conhecer a casa e ver o retrato, mas Carmen ia durante a semana e seria preciso que eu esperasse as férias para poder acompanhá-la.

Ela me levou até a janela da húngara. Espiou primeiro e se virou para me olhar, com o dedo indicador sobre os lábios, os olhos fascinados com o que tinha visto. Fez sinais para que eu me aproximasse. Um gemido chegou a meus ouvidos com nitidez. Senti um nó no estômago: apenas o mosquiteiro e a sombra morna do teto da varanda impediam que o Tordo e a húngara vissem nós duas ali.

Carmen se apertou contra a parede e levantou de novo a cabeça para olhar. Eu, também colada à parede, mas atrás de Carmen e fora da abertura da janela, nem me atrevia a me mexer. Ela se virou outra vez. Como eu continuava imóvel, se agachou e engatinhou até o outro lado da janela para me ceder o lugar. Quando chegou ao outro lado, fez sinais para que eu me aproximasse.

O corpo nu da húngara estava de frente para a janela, a cabeça jogada para trás e a boca um pouco aberta, com uma expressão esquisita, que parecia de dor. Mesmo ela estando de olhos fechados, voltei a me apertar contra a parede com o coração disparado. Espiei outra vez. O Tordo, debaixo da húngara, agora falava entre dentes e ela sugou o ar bruscamente como se estivesse se afogando. O encosto da cama estava perto da janela. Um guarda-roupa com espelho na porta refletia as costas da húngara, largas e muito brancas, estreitando-se na cintura e abrindo-se outra vez ao chegar às nádegas imensas onde os dedos do Tordo, abertos, se cravavam na carne como se quisessem machucá-la. Algo batia contra a parede. O barulho metálico era como uma música que movesse a húngara e ela parecia muito longe, em outro mundo. O cabelo loiro grudava em seu rosto e na sua pele molhada de suor. Quando seu grito rouco se misturou ao grunhido do Tordo, tive uma sensação nova e dolorosa entre as pernas.

— Vadia — disse o Tordo.

E repetiu a palavra muitas vezes, cada vez mais suavemente, como se a fosse transformando numa carícia. Houve um silêncio. A húngara tapou o rosto com as mãos e deixou-se cair sobre o Tordo. Estava chorando.

Os soluços se misturavam à voz do Tordo, uma voz tão doce que parecia vir de um homem diferente daquele que eu conhecia, e pouco a pouco a húngara parou de chorar e os dois ficaram abraçados em silêncio. Foi nesse silêncio que se seguiu ao choro da húngara que Carmen sentiu a picada da mutuca. Mais tarde insistiu que só tinha se mexido um pouquinho para espantar o bicho, mas eu ouvi claramente o tapa que ela deu para matá-lo. A húngara também ouviu. Sentou-se de chofre.

— Sua sobrinha e a amiguinha dela estão espiando a gente — disse.

Não esperamos a reação do Tordo. Corremos até o bote como se o diabo em pessoa estivesse nos perseguindo.

7

As coisas não andaram tão mal para mim quanto para Carmen. Por questões de trabalho de papai, não fomos à ilha no fim de semana seguinte, não voltei a ver o Tordo por duas semanas e, quando vi, já se passara tempo suficiente para que eu não tivesse medo dele. Carmen, entretanto, sofreu represálias. O tio deixou de falar com ela, que começou a recear que a relação dos dois tivesse se rompido para sempre. Para completar, dona Ángela, que nunca ficava mais do que cinco dias sem cozinhar algum dos pratos favoritos da neta, mantinha-a a couve-flor e espinafre, que eram os legumes que Carmen mais detestava no mundo. Tentei convencê-la de que a dieta era uma coincidência, mas Carmen conhecia a avó. Não acreditava que o Tordo tivesse contado alguma coisa a ela, mas dona Ángela tinha um sentido muito claro de hierarquia: se o Tordo não falava com Carmen, ela não precisava saber o que acontecera para ficar do lado dele e colaborar para a punição.

Na noite do primeiro sábado em que voltei à ilha, Carmen e eu nos deitamos no deque para contar estrelas cadentes.

— Você viu quando a húngara saiu da casa? — perguntou Carmen.

A imagem do corpo nu da húngara de braços cruzados recortada contra o vão da porta voltou-me à mente.

— É verdade que ela parece uma viking — falei.

Um peixe saltou no escuro.

— A húngara não começou a chorar porque ele a chamou de vadia — disse Carmen.

— Eu sei.

Ela, assim como eu, devia ter levado vários dias para chegar a essa conclusão.

— Como será estar apaixonada? — falei.

Carmen, que sempre tinha uma resposta para tudo, ficou calada.

— Quando você se apaixona é porque gosta muito mesmo de alguém — disse finalmente. — É quando você sabe que o mundo não seria o mesmo sem aquela pessoa.

Pensei que o mundo não seria o mesmo sem ela ou sem Marito e comecei a pensar quem mais era tão importante para mim, mas soou a sineta que tocavam na minha casa quando a comida estava pronta.

A briga do Tordo com o Chico foi na tarde daquele domingo. Fazia muito calor e soprava o vento norte. Pela manhã, mamãe havia dito que em dias assim as pessoas ficavam meio malucas. O rio estava muito baixo e havia um forte cheiro de barro, de ferrugem, de plantas e peixes meio podres: o cheiro do rio quando as margens se esvaziam e o barro fica ao sol, com seu vapor enjoativo.

Carmen e eu havíamos terminado nossa casinha na árvore no meio da manhã e tínhamos convidado Marito para festejar com umas fatias de melancia. Vimos o Tordo descer da barca que o levara até o Tigre e entrar em casa. Se fosse outro dia, teríamos percebido que ele vinha furioso, mas nos distraímos com Virulana, o dono da lancha-armazém, que passou descendo o rio e nos cumprimentou com seu apito.

Chico estava no canavial cortando algumas canas para consertar a cerca de um dos vizinhos da frente e, como mais tarde contou a Marito, o Tordo saiu de casa feito um furacão e foi atrás dele para agredi-lo sem lhe dar a mínima chance de explicar fosse o que fosse. Nunca soubemos quem contou ao Tordo que a húngara viera buscar Chico naquela manhã enquanto ele estava em Tigre. Tampouco sabíamos se Chico fizera com ela algo que o tornasse merecedor da surra que levou, porque ele jurava que ela lhe havia dado algum dinheiro para que ele levantasse a glicínia que havia caído. Disse ainda que não tocara em um só fio de cabelo dela. O Tordo não acreditou. Quando entramos no canavial, vimos que ele havia jogado Chico no chão e que estava ajoelhado ao lado dele torcendo seu braço para que ele não conseguisse se mexer, cheirando seu rosto e seu corpo como um cachorro.

O primeiro soco foi um golpe seco na cara. Chico gritou de dor. O Tordo se afastou dele e chutou suas costelas. O corpo de Chico se ergueu um pouco no ar, em seguida se encolheu, e a cada chute se arqueava e voltava a se encolher. Os golpes tinham um som estranho, impossível de esquecer. Por um momento pareceu que o Tordo ia matar o irmão a pancada. De repente ele parou e ficou olhando para o outro como se estivesse decidindo onde bater a seguir. Chico se sentou e segurou o rosto com as mãos. Eu nunca havia visto um homem bater em outro.

— A glicínia estava caída no chão — disse Chico sem tirar as mãos do rosto.

O Tordo deu meia-volta e entrou aos trancos no canavial.

— Por causa de uma vadia de merda — murmurou Chico.

Seu nariz sangrava. Levantou e pensei que ia atrás do Tordo, mas foi para casa. Carmen, Marito e eu não conseguíamos sair do lugar. O vento batia as canas umas nas outras.

— Por que o Tordo estava cheirando o Chico? — perguntei naquela noite, sentada no deque com Carmen.

Carmen não respondeu. Era uma noite muito escura e silenciosa e só chegava até nós a música entrecortada do gravador de mamãe.

Ouvimos o impacto de alguém pulando para dentro do bote e o ruído metálico dos toletes. A silhueta do bote se desprendeu da terra firme e os remos chapinharam na água.

— Quem é? — perguntou Carmen.

A resposta foi um silêncio e os remos batendo na água.

— Tordo?

— Vão para a cama, já está tarde — disse a voz do Tordo no escuro.

O bote se afastou rio abaixo, o barulho dos toletes e das pás dos remos na água foi ficando cada vez mais distante, até desaparecer.

— Ele está indo para a casa da húngara — disse Carmen. Na ilha em frente, as estrelas caíam por trás da silhueta das árvores. — Espero que não a mate porque, se fizer isso, vai ser preso.

Naquela noite sonhei que uns homens me perseguiam com facas. No sonho, Carmen me contava que a húngara estava morta, que o tio a matara a dentadas.

8

Na sexta-feira seguinte à briga, quando cheguei à ilha, Carmen me esperava no deque.

— Meu tio foi para Santiago na segunda-feira — me contou antes mesmo que eu pudesse levar minha bagagem para casa.

Dona Ángela tinha dois filhos em Santiago: Silvio e Angélico. Angélico criava porcos e de tempos em tempos mandava uma quantidade tão grande de linguiça que dona Ángela tinha que dar uma parte para Virulana vender na lancha. Angélico as preparava com um grupo de amigos de diferentes províncias — todos pândegos e bêbados, segundo dona Ángela —, que iam visitá-lo uma ou duas vezes por ano e se instalavam na casa dele por vários dias, até terminarem de encher todas as linguiças e morcilhas que precisavam fazer. O problema, como Carmen havia me contado, era que eles se divertiam tanto que quando não havia mais porcos para fazer linguiça eles saíam procurando outros, e mais de uma vez acabavam presos ou no hospital por causa das brigas com os vizinhos. O Tordo fazia algumas viagens por ano para visitar os irmãos, mas desta vez não havia dito nem uma palavra sobre estar planejando uma ida a Santiago. Para Carmen, a decisão repentina de viajar era muito suspeita.

Ela havia passado o braço sobre meus ombros e agora abaixou a voz.

— Sabia que ninguém viu a húngara voltar para a cidade?

Ajudei a levar as coisas para dentro e nos enfiamos no canavial. O ar lá dentro estava frio e cheirava a umidade.

— É muito difícil conseguir cometer o crime perfeito — disse Carmen. — Temos que investigar.

Nunca estranhei a naturalidade com que Carmen parecia admitir que o tio era capaz de matar alguém; nossa única tarefa passou a ser investigar o que havia acontecido — e uma vez mais me submeti às ordens dela.

Era tarde para irmos à casa da húngara naquele mesmo dia, então decidimos ir no dia seguinte, mas, enquanto esperávamos a hora do jantar, nos sentamos no bote e nos dedicamos a imaginar a morte dela.

Carmen a imaginou estrangulada.

— Seu braço está pendurado para fora da cama com a mão aberta; os dedos já estão ficando azuis. Ele nem sequer fechou os olhos dela antes de ir embora — disse, no tom monótono das videntes. — Algum dia, em Santiago, vai se dar conta do que fez e vai se embebedar.

Carmen achava que os adultos tomavam álcool para evitar as tristezas e dizia que ela, quando estivesse triste, não iria beber porque queria chegar algum dia ao fundo da tristeza. Ouvindo-a, essa tristeza parecia um lugar real, como o fundo do arroio que saía do rio Desaguadero, aonde sempre tentávamos chegar mas nunca conseguíamos.

Certamente influenciada pelo meu pesadelo, imaginei a húngara esfaqueada. Imaginá-la morta me fazia sentir um vazio no estômago. Falar sobre a morte deixava nós duas excitadas, mas de uma coisa nós tínhamos certeza: o Tordo se arrependeria.

Não contei nada disso em casa. Tinha a impressão de que mamãe era capaz de perceber tudo que eu tentava esconder dela; então, antes que ela desconfiasse de alguma coisa, falei que estava com dor de barriga e fui para a cama sem jantar. Se o Tordo realmente havia matado a húngara, mamãe era bem capaz de ligar para a polícia. Na cama, antes de dormir, tentei imaginar se conseguiria mentir para a polícia. Eu não era boa em matéria de mentira. "Explicação não pedida, acusação declarada", dizia mamãe. Eu dava explicações demais quando tentava esconder alguma coisa e sempre me descobriam; por isso, quase sempre optava por dizer a verdade.

Durante toda aquela tarde, nuvens pesadas de tempestade tinham se juntado no céu; no dia seguinte, na hora da nossa expedição à casa da húngara, a chuva era iminente. No momento em que a casa despontou entre as árvores, senti que estava vivendo a mesma experiência pela segunda vez. A imagem dos beijos sobre os livros havia sido substituída por outra muito mais brutal. O corpo branco da húngara e seu choro tinham virado uma espécie de obsessão para mim, e agora, enquanto o bote entrava no canal, o que eu vira se misturava à sensação de morte, e tudo parecia uma coisa só.

Quando desembarcamos no jardim da húngara, o dia escureceu de repente, um vento gelado balançou a copa das árvores. Os verdes do jardim pareciam sobrenaturais e as flores brancas de jasmim brilhavam contra o céu cinzento como se tivessem luz própria.

Carmen tinha as chaves da casa e entramos pela porta da cozinha. Lá fora, o vento continuava soprando e uma janela ou uma veneziana batia em algum lugar da casa. Um trovão nos fez pular de susto e a casa se encheu de um cheiro de terra. A chuva forte começou de repente, com um barulho ensurdecedor.

A cama da húngara estava desfeita e sobre os lençóis revoltos havia agulhas de pinheiro que o vento trouxera pela janela aberta. A porta do guarda-roupa estava entreaberta e um vestido de flores rosa caíra sobre os sapatos e se destacava sobre o chão do quarto.

Carmen fechou a janela, olhou debaixo da cama, tirou os lençóis e os largou sobre uma cadeira.

— Não há traços de sangue — disse, e pendurou o vestido.

Percorremos a casa. Na sala, o vasinho em frente ao retrato havia caído e a água e as flores estavam esparramadas sobre a poça.

— Isso foi há pouco — disse Carmen.

Ia arrumando tudo, como certamente fazia toda vez que ia àquela casa, e eu a seguia, atenta a qualquer barulho e sentindo-me um pouco inútil. O pai da húngara, de pé entre as pombas, com um sobretudo pendurado no braço, tinha sobrancelhas espessas e cabelo muito curto. A cabeça um pouco projetada para trás e sua boca excessivamente pequena para o tamanho do maxilar me convenceram de que era um homem cheio de desprezo pelo mundo, até cruel. A mãe da húngara, com seu penteado dos anos 1940, seu chapéu inclinado para o lado e seus olhos juntos, tinha um ar de ratinha perseguida. Comentei isso com Carmen.

— As aparências enganam — disse ela.

De costas para o retrato, eu sentia que estávamos sendo observadas. Uma pancada no teto me fez apertar o braço de Carmen com força.

— Deve ter caído um galho — disse ela.

Parecia tranquila, mas segurou minha mão e percorremos o resto da casa assim, muito próximas e de mãos dadas. No quartinho do motor, Carmen me soltou e levou o dedo aos lábios. Soltei um gemidinho. Ela me olhou, mas não disse nada. Voltou a segurar minha mão. Acho que em outra situação teria dito para eu esperar no bote. Não tinha muita paciência com minha covardia.

A tempestade estava parando quando percorremos a parte de baixo da casa, um lugar escuro debaixo da varanda, onde encontramos um balde sem alça e algumas garrafas vazias. Carmen me fizera deixar os tênis dentro de casa e a lama fria se enfiava entre meus dedos. As gotas pingavam nas poças, nas folhas, nas madeiras sobre nossa cabeça. O mundo começara a secar e nós buscávamos os vestígios de um crime. Não sei o que esperávamos encontrar — era Carmen quem supostamente sabia o que estávamos fazendo —, mas, um tempo depois, determinou que fôssemos à cozinha tomar um mate.

— Para planejar os próximos passos — explicou.

A carta estava sobre o balcão da cozinha, debaixo do açucareiro.

Estava escrita com caneta de tinta preta e tinha presas no verso várias notas de dinheiro. Era para Carmen.

Carmenzinha: Deixo pago o mês que vem. Feche bem a casa e não se esqueça de trocar as flores toda semana. Não virei por algum tempo, mas tenho certeza de que você vai cuidar da casa tão bem quanto tem cuidado até agora. Carinhos. A assinatura da húngara era ilegível, em parte pela letra e em parte porque havia sido escrita com o que parecia ser a última gota de tinta.

Carmen a examinou com atenção.

— Muito suspeito — disse. — Ela nunca tinha falado nada sobre meu trabalho antes.

— E daí? O que tem de suspeito nisso?

— As pessoas não se tornam generosas assim de repente.

Para mim, a carta parecia normal e eu teria deixado de pensar coisas estranhas se não fosse pela insistência de Carmen.

— Esta carta poderia perfeitamente ter sido escrita pelo meu tio — disse, enquanto remávamos de volta no bote.

9

Ficamos em silêncio durante boa parte do trajeto de volta. Eu me perguntava se dona Ángela seria capaz de reconhecer a letra do filho, se haveria alguma maneira de mostrar a carta a ela sem levantar suspeitas... talvez fosse melhor mostrar apenas algumas linhas, para que ela não fizesse muitas perguntas. Dona Ángela não era uma pessoa curiosa, mas não havia como prever sua reação. Ela sempre tinha medo de que as pessoas que iam nos fins de semana deixassem de ir e abandonassem as casas. Do jeito que iam as coisas, dizia, o dinheiro mal dava para o gasto e ela não podia juntar a todas as suas preocupações a de temer que seus clientes, como os chamava, se esquecessem de pagar-lhe ou decidissem vender as casas se não as estavam usando. Se lhe mostrássemos a carta, ficaria angustiada.

Eu estava a ponto de dividir minhas preocupações com Carmen quando, uns cem metros antes da ponta da ilha do meio, uma lancha zarpou bruscamente e vimos a cabecinha de um cachorro nadando no lugar onde antes estava a lancha.

— Que filhos da puta, jogaram o cachorro no rio — disse Carmen, e começou a remar com força na direção do animal.

Dona Ángela nos contara sobre as pessoas da cidade que abandonavam seus bichos de estimação jogando-os no meio do rio, e um dos cachorros de Virulana aparecera no deque numa manhã de Natal, tão magro e exausto de nadar que lhe deram o nome de Lázaro. Mas ver a lancha se afastar, deixando para trás a cabecinha preta e branca do cachorro que depois foi nosso nos indignou como poucas coisas haviam nos indignado na vida. A curiosidade em relação ao destino da húngara foi ofuscada pela impaciência em resgatar o cachorro que nadava em círculos, desorientado, com uma falta de jeito que mesmo de longe nos fez imaginar que fosse um filhote.

Assim que nos aproximamos, ele nadou na nossa direção e bateu de encontro à lateral do bote. Dava uns latidinhos roucos e arranhava a madeira para subir. Carmen soltou os remos e, juntas, o puxamos para dentro. Uma vez a salvo, sacudiu a água com pouco entusiasmo e se encolheu no chão, balançando o rabo de leve como se não soubesse muito bem o que fazer ou sentir. Gemia devagarinho quando o pusemos no deque e só então pareceu se acalmar. Eu nunca tinha visto um filhote mais bonito que aquele.

— É o cachorro mais lindo que já vi na vida — disse Marito, que viera correndo quando nos viu chegar.

— Ele se chama Bartolo — disse Carmen.

E na verdade até parecia que ele estava com o nome escrito em uma das manchas pretas do lombo. Não podia se chamar de outro jeito. Quando Carmen o batizou, o filhote se aproximou e se apoiou na perna dela. Carmen coçou suas orelhas.

— Ele deve estar com fome — disse. — Vamos cozinhar alguma coisa para ele.

Estávamos indo para casa quando apareceu Lucio com seu andar bamboleante, andou na nossa direção e fez um discurso em seu idioma, uma mistura de emes e eles com pouquíssimas vogais que deixava Carmen desesperada, mas que conseguia comunicar tudo o que ele precisava. Todos achamos que era um discurso de boas-vindas, que Bartolo recebeu balançando o rabo com entusiasmo.

— Bar-to-lo — disse Carmen, que aproveitava todas as oportunidades para tentar fazer Lucio falar.

Lucio olhou para ela como sempre olhava quando ela separava as palavras em sílabas. Era um olhar inteligente e um pouco zombeteiro. Suspirou.

— Bartolo — disse.

Marito soltou uma risada. Ele sempre dizia que Lucio sabia falar perfeitamente e que não o fazia porque havia começado a demonstrar uma teoria que desenvolveria quando crescesse, algo que, de acordo com Marito, tinha a ver com a verdadeira comunicação, que era quase por osmose.

Carmen abraçou Lucio e ele a recompensou com outro breve discurso de emes e eles, como para deixar bem claro que o fato de ser capaz de dizer "Bartolo", com o "erre" perfeito e tudo, não significava que estivesse disposto a falar. Tampouco significava que deixaria de chamá-la de mamãe, por mais que ela lhe mostrasse constantemente a foto de sua mãe e repetisse que não era sua mãe. No fim do discurso, Lucio agarrou seu rosto entre as mãos.

— Mamãe — disse. E beijou o nariz dela.

Marito e eu rimos.

— Vamos, Bartolo — disse Carmen. — Acho que vai ser mais fácil ensinar você a falar do que esse cabeça-dura.

E fomos para a cozinha preparar um ensopado para nosso novo cachorro.

10

Daquele dia em diante, Lucio e Bartolo ficaram inseparáveis. Para encontrar Lucio bastava chamar Bartolo e seguir a direção dos latidos, e quando os dois se enfiavam na parte de trás da ilha era questão de tempo até ver Bartolo, que avançava aos saltos e aparecia e desaparecia sobre a grama alta como uma lebre gigante. Lucio o seguia brandindo de um lado para o outro uma vara que o Tordo cortara para ele e que o menino usava como se fosse um facão.

Naquele inverno, Marito começara — um pouco cedo demais, na nossa opinião — o que ele chamava de "a educação de Lucio", que era a mesma que ele recebera do Tordo. Como ainda era um pouco cedo para que ele aprendesse a ler e escrever, Marito havia começado pelas primeiras aulas de pesca e natação. As aulas de escrita deveriam ter início no ano seguinte. Marito estava muito ansioso para ensinar o irmãozinho a ler e escrever. Começara a ler para ele desde que Lucio tinha menos de um ano. Com a chegada de Bartolo, teve que incorporar um novo aluno às aulas. De manhã cedinho os três embarcavam no bote, remavam até a ilha do meio e amarravam o bote no galho que emergia de uma árvore caída na ponta da ilha. Em seguida, Lucio e Bartolo se instalavam na popa com os olhos fixos na pequena boia vermelha enquanto Marito lia em voz alta. De repente, uma fisgada alvoroçava os três: Bartolo latia e corria de uma ponta à outra do bote, Lucio começava a gritar, Marito soltava o livro, que ia parar no fundo do casco, e o bote bambeava como uma noz; com tanto movimento e tanto grito, não havia ninguém em todo o canal que não ficasse sabendo que Lucio tinha sentido uma fisgada, e o surpreendente era que os três não fossem parar na água.

Durante a semana, quando Marito e Carmen iam até a cidade por causa das aulas, Lucio ficava com dona Ángela. Pelo que ela contava, ele e Bartolo passavam o dia inteiro sentados no deque olhando na direção de onde, às seis da tarde, aparecia a lancha coletiva trazendo de volta Marito e Carmen, como se sua vida se detivesse quando os irmãos não estavam e começasse outra vez todas as tardes quando eles voltavam. Acho que foi por isso que nenhum dos dois quis morar na cidade até não haver mais jeito.

Num domingo de manhã, Marito veio falar com papai. Percebi que ele vinha com alguma missão importante quando o vi aparecer ao meio-dia de banho tomado e vestido com sua melhor calça. Papai e mamãe estavam no deque tomando um drinque e eu me aproximara para preparar um prato com queijinhos e azeitonas que ia levar para o canavial, onde Carmen estava me contando uma história de amor entre dois de seus colegas de aula.

Quando vi Marito chegando, sentei para escutar. Ele nem olhou para mim, como se estivesse se esforçando para não perder a concentração. Parou na frente de papai.

— Preciso falar com o senhor — disse.

Papai fez um gesto para que se sentasse. Marito não se moveu. Estava de pé na frente dele com os braços caídos ao longo do corpo e parecia que estava até segurando a respiração.

— Quero me preparar para entrar na Universidade Tecnológica Nacional — disse.

Papai ficou em silêncio.

— Quero procurar um trabalho para pagar meus estudos e um lugar para morar, mas enquanto não encontro queria pedir sua ajuda.

Marito olhava papai nos olhos e disse tudo de supetão, quase sem respirar.

Papai olhou para mamãe.

— Seria preciso pensar com calma — disse.

Marito ficou onde estava.

— Com tempo — emendou papai.

Marito não se moveu.

— Durante a semana.

— A matrícula se encerra esta semana — disse Marito.

— Você não devia ter esperado até o último minuto — disse mamãe.

— Não esperei até o último minuto. Meu pai garantiu que ia me conseguir um trabalho, mas faz duas semanas que desapareceu.

— Como assim, desapareceu? — perguntou mamãe.

Papai olhou para ela com reprovação. Todos sabíamos que o pai dos meninos bebia e que às vezes desaparecia.

— Talvez tenha precisado viajar — disse Marito numa voz quase inaudível.

Concordei, para encorajá-lo. Papai se reclinou para trás na cadeira e com um suspiro tomou um gole de seu gim-tônica. Os cubos de gelo se chocaram contra o vidro. Mamãe espetou um queijinho e começou a girar o palito como se não tivesse a intenção de comer. Nenhum dos dois olhava para Marito.

— Eu ajudo com minha mesada — falei.

Pensei que Marito ia dizer alguma coisa, mas ele só me olhou. Não consegui decifrar seu olhar.

— Vejo que vocês dois já conversaram sobre o assunto — disse mamãe.

— Não. Alma não sabia que eu ia pedir ajuda a vocês — respondeu Marito.

Papai olhou para o relógio.

— O almoço deve estar quase pronto — disse. — Esta noite te damos uma resposta.

Marito hesitou por um momento e depois se foi. Corri atrás dele. Alcancei-o antes que cruzasse a pontezinha para sua casa. Ele já pusera um pé no degrau quando toquei seu braço. Virou-se. O sol que passava por entre as varas de cana desenhava luzes e sombras em seu rosto. Tinha os olhos brilhantes.

— Tenho certeza de que eles vão dizer que sim. A questão é que sempre discutem os gastos, de quem é o dinheiro e tudo o mais — disse eu.

Senti que Marito estava prestes a chorar.

— Não tenho nem mesmo alguma coisa que pudesse vender — disse.

— Eles vão dizer que sim, Marito — insisti.

Minha voz não saiu tão confiante quanto eu queria. Ele me deu as costas e foi embora correndo.

Durante o almoço, mamãe e papai falaram sobre outras coisas, e quando perguntei o que iam fazer disseram que precisavam pensar. Mais tarde, enquanto tomavam café na sala de verão, um pequeno cômodo com janelas de mosquiteiro que ficava à sombra dos carvalhos e que durante o verão era sempre fresco, ouvi quando eles falaram no assunto.

Sentei-me embaixo da casa para tentar ouvir a conversa, mas só dava para entender alguns pedaços, quando um dos dois erguia a voz ou quando as cigarras se calavam ao mesmo tempo. Aparentemente, papai estava disposto a dar o dinheiro para Marito. Não parecia muito entusiasmado, mas, por algumas frases soltas que escutei, deduzi que estava prestes a ceder. Era mamãe que estava irredutível. Como sempre que discutiam, sua voz ia subindo de tom e a de papai ficava cada vez mais baixa. Eu nunca sabia que argumentos ele usava no final das discussões; mamãe terminava gritando, e tudo o que ela dizia, recriminações sobre coisas que papai havia feito no passado, era muito parecido, mesmo que os temas fossem diferentes.

— Também não podemos nos responsabilizar por ele como se fosse nosso filho — disse agora mamãe.

Corri até a sala e parei na frente deles. Estava sem ar.

— Marito é um gênio, sabe um monte de coisas, lembra de tudo o que lê — disse. — Nenhum dos meus amigos tem tanta vontade de estudar quanto ele.

Papai apoiou a xícara de café na mesa e me olhou de um jeito estranho.

— E ele sempre me ajuda com os deveres — insisti.

— Eu sei, Alma — disse papai.

— A questão é de quanto dinheiro por mês estamos falando — disse mamãe. — Não somos ricos.

Eu nunca tinha pensado nisso, mas sabia que éramos mais ricos que dona Ángela e que o Tordo, e mais ricos que Virulana. Mamãe não trabalhava, tínhamos aquela casa e um apartamento em Buenos Aires. Eu ia para a escola num ônibus que era só para as meninas de lá. Pensei em tudo isso antes de papai levantar do sofá.

— Vou refletir — disse. Era como ele chamava ir dormir a sesta.

— Vocês vão ajudar Marito?

— Bem... não sei se podemos bancar — respondeu papai.

— E depois vai ser a vez da irmãzinha, e daqui a dez anos, do irmãozinho — disse mamãe.

— Não ponha o carro na frente dos bois — disse papai.

Era a frase favorita de meu avô, e, de acordo com mamãe, meu avô tinha sempre quebrado a cara por não prever as coisas. Deu de ombros.

— Faça como quiser. Está claro que minha opinião não conta nesse tipo de decisão — disse. — Como se o dinheiro fosse seu... — acrescentou em voz baixa.

E foi para o quarto. A discussão chegara ao ponto a que pareciam chegar todas as discussões sobre dinheiro entre papai e mamãe.

11

Na mesma tarde, quando nos preparávamos para partir, vimos Marito parado no deque com uma sacola. Vestia uma camisa branca bem passada e a calça azul que comprara no início do ano para uma entrega de prêmios em sua escola.

— O que você está fazendo? — gritei de deque para deque.

Sabia a resposta, mas escutá-la me fez sentir um vazio no estômago.

— Estou esperando a lancha coletiva — respondeu Marito.

Vinda da casa, ouviu-se a voz de mamãe chamando papai para que desconectasse alguma coisa do motor de luz.

— Imagine se você vai voltar na coletiva — disse papai. — Venha que te levamos.

Marito não se mexeu. Do San Antonio vinha o barulho da coletiva virando para entrar no canal.

— Segure a lancha que vou ajudar sua mãe — disse papai.

Eu queria correr até o outro deque para pedir a Marito que viesse conosco, mas subi para segurar a lancha.

— Vamos, venha, a gente brinca de campeões de esqui — falei.

A coletiva parou no primeiro deque da ilha em frente. Amarrei uma proteção na lateral da lancha para que ela não batesse contra o deque, desci e corri até o deque de dona Ángela.

Enquanto atravessava a pontezinha, vi Lucio e Bartolo, que também corriam em direção ao deque. Quando cheguei, Lucio estava agarrado às pernas de Marito pedindo que ele não fosse embora.

— Se eu me pendurar nas suas pernas, você vem na lancha conosco? — perguntei.

Marito se abaixou para pegar Lucio no colo.

— Preciso ir, pequeno. Cuide bem da vovó — disse, e, enquanto o punha no chão, me olhou nos olhos em silêncio por um momento. — Você é maluca — disse, levantou a sacola e me seguiu até nosso deque.

Papai estava ajeitando uma cesta com hortênsias na lancha.

— Marito vai com a gente — falei, e teria gostado de acrescentar alguma coisa, mas não soube bem o quê. Quando criança, sempre que Marito tinha que voltar para a cidade, só precisava aparecer no deque e embarcar na lancha. Eu teria dito isso, mas achei que seria demais.

— Mas é claro, imagine se você iria na coletiva — disse papai.

— Que elegante você está — disse mamãe, que chegava com uma luminária de pé que precisava mandar consertar.

— Deixe que eu levo — disse Marito, e tomou a luminária de suas mãos.

Mamãe fizera um embolado solto com o cabo, que continuava segurando, como se não soubesse o que fazer com ele. Marito apoiou a luminária no deque, desfez o rolo, enroscou-o rapidamente e tirou do bolso uma borrachinha com a qual prendeu o cabo para que não se desenrolasse. Depois levou a luminária para a lancha. Tinha um jeito de se mover entre a lancha e o deque que eu não saberia descrever, mas os movimentos que faziam com que todos nós cambaleássemos jamais o desequilibravam, como se para ele tudo fosse terra firme.

Embarcamos na lancha e ele soltou a corda e embarcou por último. Apesar de eu ter deixado um lugar para ele ao meu lado no encosto do segundo assento, sentou-se atrás, sobre a caixa do motor. Quando olhei para ele para sinalizar que viesse para a frente, estava virado para trás, despedindo-se de Lucio.

Quando éramos crianças, voltáramos juntos para a cidade várias vezes. Em pé no espaço que havia entre o assento da frente e a popa, agarrados a um cabo para brincar que estávamos esquiando, Marito fazia imitações de campeões de diferentes modalidades de esqui. A água que o casco da lancha levantava quando passava pelas ondas dos barcos grandes nos encharcava e Marito levantava uma perna ou segurava o cabo com os dentes e enroscava os braços ao redor do corpo. O show terminava sempre do mesmo jeito: ele inventava uma contorção muito ridícula e me olhava arrasado, como se não soubesse como desfazê-la. Me fazia rir muito. Assim que contornamos a ponta da ilha, pedi de novo que se sentasse a meu lado.

— Sim, sente-se ao lado de Alma, porque hoje vai haver trânsito. Você vai se molhar aí atrás — disse papai.

E Marito se sentou ao meu lado, seu braço contra o meu, nossas pernas uma ao lado da outra, em toda a extensão. Papai acelerou. O vento enchia nossos olhos de lágrimas que se desprendiam dos olhos, escorriam para trás pelo rosto gelado, se perdiam no cabelo, entravam nas orelhas. O braço morno de Marito roçava o meu; seus sapatos, ao lado de meus tênis sujos de barro, brilhavam, deslocados, obedientes. Sua nuca descoberta tinha o biquinho de cabelo perfeito que, dona Ángela nos dissera, era sinal de que depois dele nasceria outro filho homem.

— Você vai conosco até o clube ou te deixamos no deque da guarda? — perguntou papai, gritando por causa do barulho do motor.

— Como ficar melhor para o senhor — respondeu Marito.

A guarda ficava a cinco minutos do clube. Papai atracou no deque.

— Vocês vão ajudá-lo? — perguntei quando Marito estava descendo.

— Não se preocupe — disse Marito. — Papai me conseguiu um emprego.

— Conversamos no próximo fim de semana — disse papai. — Mas conte conosco.

— Alguma ajuda te daremos — disse mamãe, e o tom de bondade em sua voz me incomodou mais que sua dureza ao meio-dia.

Marito assentiu com a cabeça. Já era tarde para dizer-lhe isso.

— Sorte no emprego! — gritei.

E o vi afastar-se com a sensação absurda de que ele estava me dando as costas para sempre.

12

Todos os meses, desde que a húngara desaparecera, o Tordo trazia para Carmen uma carta quase idêntica à que havíamos encontrado debaixo do açucareiro. Preso à carta vinha o salário do mês e como *postscriptum*, sublinhada, a recomendação de que não esquecesse das flores de seu pai. Eu me perguntava por que ela havia posto uma foto do pai com a mãe se depois ia fingir que a foto era só do pai, mas ao mesmo tempo entendia perfeitamente que a húngara não tivesse vontade de pôr flores para a senhora com cara de ratinha.

— Talvez ela nem seja a mãe — eu disse um dia enquanto remávamos até a casa da húngara para pôr uma hortênsia recém-cortada no vaso em frente à foto.

— É a mãe — disse Carmen. — Um homem com essa cara não se casa duas vezes.

E não teve jeito de ela me dizer como era a cara dos homens que se casam mais de uma vez. Também não consegui imaginar onde ela podia ter visto tantos homens para poder chegar àquela conclusão.

De tempos em tempos, Carmen voltava à hipótese do crime. Ela continuava achando suspeito que as cartas fossem trazidas por seu tio e que a húngara nunca mais tivesse voltado à ilha. Em seus ataques de desconfiança, fazíamos novas expedições em busca de provas; certamente tínhamos deixado passar alguma coisa. Carmen gostava de pôr o vestido de flores rosa e sentar-se na cama da húngara com a teoria de que o espelho circular, ao vê-la vestida assim, lhe transmitiria alguma coisa. Para mim, a ideia de que o espelho refletisse algo que não o que me rodeava parecia apavorante. Durante essas sessões eu me sentava no chão com as costas na parede e evitava olhar para Carmen ou para o espelho. As costas arqueadas da húngara e seu olhar naquela tarde me perseguiam. O sol, através da cortina de junco, desenhava listras na parede em frente e, do outro lado da janela, se escutava às vezes o zumbido das asas do beija-flor que estava construindo seu ninho pendurado no friso da varanda.

Logo começou a colheita do junco e Carmen esqueceu as suspeitas por um tempo, ou pelo menos parou de mencioná-las. Sua única preocupação passou a ser passear na frente dos ilhéus com a desculpa de ajudar. Tinha tentado conseguir permissão para entrar na água com um facão e trabalhar com os homens, mas, como não lhe deram, teve que encontrar outras formas de ajudá-los.

Os ilhéus cortavam junco de um banco na foz, bem na frente da casa da húngara, cruzando o canal. Quando criança eu fora algumas vezes com papai levar tereré ou cerveja gelada para os trabalhadores. Lembrava bem de seus torsos e braços cobertos de mosquitos inchados de sangue, do suor esbranquiçado que escorria para seus olhos quando eles levantavam a cabeça para aceitar a bebida que eu lhes oferecia, o cheiro de álcool de Chico e seu olhar vidrado. Hoje em dia essa imagem de mim mesma caminhando entre eles, cercada pela nuvem de mosquitos, branca, pulcra, com meus ares de princesa generosa e a inevitável condescendência de ter dez anos e estar naquela posição, me dá uma confusa sensação de vergonha.

Por diferentes razões, as lembranças daquele janeiro com Carmen também não me alegram muito. Eu acabara de completar catorze anos e Carmen já tinha quinze. Meu corpo continuava sem grandes mudanças enquanto ela já se transformara, e até se movia de outro jeito, como se as curvas de seu corpo tivessem mudado o jeito de ela se movimentar. Preparávamos uma sacola térmica com bebidas e remávamos até a foz. Quando chegávamos, Carmen me passava os remos, ficava de pé na popa com a térmica a seus pés e distribuía as bebidas. Servia-as como se estivesse no balcão de um bar: ria, sacudia o cabelo de um lado para o outro, esticava o corpo para passar os copos para eles, as pernas morenas brilhantes de transpiração e os seios livres debaixo da blusa. Eu era testemunha dos olhares de desejo dos homens, do magnetismo que ela criava só por se mover entre eles. Eu me sentia invisível, profundamente desprezada.

Marito e ela haviam começado a ir a festas no arroio Felicaria, mas meus pais não me deixavam ir. Voltavam domingo de manhã na coletiva das oito, muitas vezes sem dormir, e eu era obrigada a ouvir as histórias das conquistas de Marito. De acordo com Carmen, todas as meninas ficavam apaixonadas por ele. Meus únicos amigos estavam me deixando para trás.

Durante a semana eu desenhava o rosto de Marito em meu diário. Desenhava, depois apagava, depois voltava a desenhar, e acabava arrancando as folhas, irritada porque meus desenhos não se pareciam com ele como eu queria. Os que ficavam bons, colava em meu diário. Todas as noites olhava uma foto em que ele estava abraçado ao Tordo, exibindo para a câmera um dourado que ocupava o primeiro plano e era a única coisa em foco. Mas o rosto fora de foco de Marito era a última coisa que eu via antes de dormir, e isso me deixava feliz. Na ilha eu me dava conta de que não podia ir atrás dele por todo lado como um cachorrinho, e tinha certeza de que todo mundo acabaria percebendo se eu olhasse para ele na frente dos outros. Quando Marito não estava, eu não conseguia parar quieta. Ia da minha casa para a casa de dona Ángela, e da casa de dona Ángela para a minha casa, me sentava no deque da casa dela, depois no da minha; depois outra vez no da dela. Se ia com Carmen a algum lugar, só pensava em voltar. Se ele ia pescar, eu me sentava para observá-lo de longe. Não sabia se Carmen percebia o que estava acontecendo comigo. Às vezes, para torturar a mim mesma, eu me dizia que ela sabia perfeitamente o que eu sentia e que não falava sobre isso para não ter que me dizer que era uma bobagem, que o irmão nunca olharia para mim.

Naquele inverno também comecei a ir a festas. Mamãe me levou a uma modista, que costurou para mim uma saia comprida de veludo cotelê azul, e uma amiga dela me emprestou uma blusa de tricô com mangas bufantes.

Entrei na casa onde era a festa e dei de cara com três dos amigos por quem minhas amigas suspiravam. Estavam sentados num sofá na entrada, pareciam à espera das reverências das meninas que chegavam (ou foi o que acreditei naquele momento, ignorante que era quanto às inseguranças alheias). Pisei no pé do primeiro, um loiro com uma franja lisa que lhe cobria um dos olhos; dei um beijo brusco no segundo, um encontrão dos ossos do rosto; e passei para o terceiro, rezando para que não aparecesse outro por um tempo. Olhei em volta e percebi que nenhuma das minhas amigas vestia algo remotamente parecido com o meu modelo. Eu parecia uma princesa medieval em uma festa hippie. Fui até uma mesa onde havia sanduíches de pão de fôrma e comecei a comer. Estava terminando o segundo sanduíche quando compreendi que as mulheres não comiam: esperavam de pé junto de uma parede e fingiam que não percebiam que os homens, que comiam, as olhavam para selecionar seu par de dança. Eu me afastei da mesa e fiquei de pé entre minhas colegas, esperando. Não conseguia conversar com elas e fingir que não sabia que estava sendo observada. Espiava os meninos, que em algum momento, seguindo uma ordem invisível, avançaram todos juntos em nossa direção. Uma a uma, minhas colegas foram dançar. O lugar perto da parede, tão movimentado alguns minutos antes, foi se esvaziando. Eu sentia a parede atrás de mim crescer como uma tela gigante, onde minha figura solitária se projetava para que todos vissem. Notei que as poucas meninas que iam ficando seguiam por um corredor até o interior do apartamento. Minhas colegas que tinham sido escolhidas dançavam, conversavam com seus pares, riam. Eu estava muito empertigada, certamente tinha a cabeça um pouco projetada para trás, gesto que descobri anos mais tarde em fotos da época e que era uma tentativa de fingir que pouco me importava o que estava acontecendo. Em algum momento também entrei pelo corredor. Num quarto com papel de parede com rosas e uma cama de bronze coberta de casacos e bolsas, as menos favorecidas da turma conversavam entre si. Eu não quis ficar ali. Com o queixo erguido e um nó no estômago voltei para a sala, atravessei-a caminhando entre os que dançavam e saí para a sacada. Alguns casais se beijavam em um canto pouco iluminado. O chão refletia a mudança de luzes da sala, que de repente havia escurecido muito. Voltei para meu lugar junto da parede. Como num teatro às escuras, a pista de dança se encheu de camisas brancas fosforescentes e os sorrisos dos que dançavam pareciam flutuar no ar. O loiro da franja lisa passou por mim abraçado a uma de minhas colegas. Ele me olhou por um instante, em seguida tapou a boca para disfarçar uma risada que ouvi claramente. Depois disse algo a minha colega. Já não estavam na minha frente quando ela se virou para me olhar e riu também. Por baixo de minha blusa medieval, meu sutiã branco, vazio, estava suspenso no ar como uma marionete esquisita. Cobri-me com os braços e voltei para o corredor. Não queria ir de novo para a sala, tampouco para o quarto ou para a sacada. A única coisa em que conseguia pensar era que queria estar muito longe dali, com Carmen, e que teria que esperar uma semana inteira para ir à ilha.

Quando mamãe foi me buscar, falei que nunca mais na vida queria ir a uma festa daquelas.

— Quero ir aos bailes no Felicaria — expliquei.

— Não seja ridícula — disse ela. — O que você vai fazer num baile de gente pobre?

Eu disse que não me importava que fossem bailes de gente pobre.

— Mas eles, sim, se importam — ela retrucou.

— Você não sabe de nada — respondi, e virei o rosto para que ela não me visse chorar.

13

No inverno, o rio fica cinza. Não é só a água que muda de cor e perde o tom avermelhado do verão: os salgueiros e os carvalhos sem folhas, os álamos, os liquidâmbares, até as casuarinas se fundem com o rio, a paisagem muda, fica uniforme, silenciosa. Nesses meses, nossa casa ficava mais úmida. Às sextas-feiras, quando a abríamos, o frio congelava os ossos, e à noite os lençóis pareciam molhados, como se até um momento antes houvessem estado no jardim sob o orvalho gelado. A casa de dona Ángela, pelo contrário, se mantinha quente por causa do fogão a lenha, e, ainda que mamãe não suportasse o cheiro adocicado que ficava nas minhas roupas e no meu cabelo quando eu ia à casa de meus amigos, eu gostava de passar as tardes de inverno lá. Carmen empilhava os colchões num canto e eu pedia o gravador de mamãe emprestado e ouvíamos música, planejávamos nosso brilhante futuro, como dizia Carmen, ou falávamos de seus colegas na escola ou então das minhas.

Carmen não simpatizava com minhas colegas. Em algum momento achei que era ciúme, mas não era. Estava convencida, por causa das coisas que eu lhe contava, de que uma escola só de meninas era um ninho de cobras.

— Devem querer arrancar seus olhos, Alminha — me dizia.

Eu as defendia sem muito entusiasmo: para Carmen eu insistia que elas de fato faziam tudo para me consolar por meu fracasso nas festas.

— Ah, sim, grande consolo — dizia Carmen. — Elas dizem que imploram a seus príncipes que tirem você para dançar, mas que eles não querem, e você acredita que estão te consolando? Estão é enfiando o dedo na ferida. Imagine se elas iam dizer a eles para tirar você para dançar! Se algum por acaso te convida e descobre você, elas não vão dançar nunca mais na vida.

Depois, quando nos encontrávamos no mezanino, ela as imitava abraçada à vassoura. Batizara o loiro de cabelo liso de franjudo e o transformara em um de seus personagens favoritos. Ficava de pé inclinada para não bater a cabeça e beijava o cabo da vassoura suspirando.

— Franjudo meu, existe alguém mais bela do que eu? — dizia, e mudava de voz. -- Alma, gorda bunduda, Alma é a mais bela do mundo.

Afastava a vassoura de si horrorizada e levava a mão à testa, à beira do desmaio, como a dama das camélias.

— O que foi que você disse, o que foi que você disse? — suspirava, se apoiava na parede para não cair e de repente se virava com o rosto transformado.

— Mate-a — ordenava —, traga-me seus olhos de mel e seu nobre coração enrolado neste lenço.

Às vezes se ouviam as risadas de dona Ángela, que fritava bolinhos para nós, ou as de Chico e Marito, que consertavam suas redes de pesca sentados no chão da cozinha.

Eu sabia que Carmen exagerava, mas sua fé em mim foi o que me sustentou durante todo aquele inverno, e no início de setembro veio minha primeira menstruação.

Numa das primeiras tardes daquela primavera, acendemos um fogo numa clareira na ilha do meio e nos enrolamos cada uma em um cobertor, sentadas de costas uma contra a outra. Gostávamos de conversar assim. Eu sentia as vibrações da voz de Carmen e o calor de seu corpo contra a pele das minhas costas e olhava o rio que passava por baixo dos carvalhos da margem. Tinha decidido que naquela tarde lhe contaria o que sentia por Marito, mas, agora que o momento ideal para minha confissão chegara, eu me sentia culpada por ter escondido meu segredo dela por tanto tempo e não sabia como começar.

— Já te aconteceu alguma coisa que você não quis me contar? — perguntei.

Era uma forma desajeitada de começar, mas acho que pensei que, se conseguisse que ela confessasse algum pecado parecido com o meu, seria mais fácil contar.

— Alguma coisa tipo o quê?

— Não sei. Qualquer coisa. Algo que você não tenha me contado.

Fez-se um longo silêncio. Senti que ela ajeitava o cobertor em volta do corpo. As brasas faziam desenhos no fogo.

Nada havia me preparado para ouvir o que Carmen me contou em seguida. Tentei me lembrar de todas as minhas impressões do sábado anterior, do rosto dela na manhã de domingo. Lembrei de quando ela chegara do baile na coletiva das oito, com seu vestido verde e o cabelo liso de quando fazia touca. Não conseguia me lembrar de nenhum detalhe que tivesse me chamado a atenção. Durante aquele domingo anterior e parte do sábado atual, eu estivera com minha amiga e não notara nenhuma mudança. Escutava-a com voracidade, pendurada em cada uma de suas palavras, e ao mesmo tempo lembrava dela durante o fim de semana anterior: no mezanino enquanto falávamos das nossas coisas, no bote quando tínhamos saído para remar pelo Víboras, depois do almoço enquanto comíamos as últimas tangerinas roubadas da ilha dos vizinhos. Eu havia imaginado sem maiores reflexões que se uma menina dormia com alguém pela primeira vez, ficava com uma marca visível, uma diferença tão grande em relação à que havia sido antes que eu não poderia deixar de perceber em uma amiga que conhecia tanto. Não consigo me lembrar de que palavras ela usou para descrever sua primeira noite com um homem. Sei que não me deu detalhes concretos e que não os pedi. Falava, e as imagens que se formavam em minha cabeça eram difusas, como retalhos de um sonho; sua emoção parecia esgueirar-se por minhas costas junto com as vibrações de sua voz. Sentia que estava vivendo através dela algo imenso, impossível de contar. Fazia quase dez anos que eu frequentava uma escola católica e, durante os últimos três anos, a questão da virgindade ocupava cada vez mais espaço nas conversas da aula de catequese. Tinha muitas ideias a respeito: havia algo que os homens quereriam de mim, algo que tentariam conseguir de todas as formas, algo de que eu precisava cuidar com todo o zelo de que fosse capaz. Os meninos que eu conhecia ou que poderia vir a conhecer não eram capazes de se controlar; estava na natureza deles acabar com minha virtude. E não ceder era responsabilidade das mulheres: prevenir é melhor que remediar, "evitar a ocasião", como dizia irmã Francisca, "fortalecer a virtude". Havia alguns métodos muito importantes que passavam de umas para as outras antes da primeira festa, e uma infinidade de conselhos que eu já havia escutado muitas vezes: não permitir que a segurassem pela cintura com as duas mãos — a técnica para que isso não acontecesse, a alavanca, era uma pressão que se deveria fazer com as duas mãos contra os ombros do rapaz para que ele entendesse que não conseguiria nada ali e aprendesse a se comportar; não permitir que o rapaz falasse muito em nosso ouvido, os lábios perto da orelha eram particularmente perigosos; para dançar música lenta era preciso separar as pernas, mas o ângulo tinha que ser suficientemente fechado para que o rapaz não pusesse uma de suas pernas entre as nossas. Dormir com alguém antes do casamento era pecado mortal. Até aquela tarde eu achava que a obsessão de minhas colegas era ridícula, que eu não concordava com aquilo. Minhas fantasias com Marito nunca passavam de um beijo, mas eu jamais atribuíra isso à influência das freiras, acreditava de boa-fé que a questão simplesmente não me preocupava. Aquilo que Carmen estava contando ia muito além de tudo o que eu havia pensado até ali; se aproximava das imagens inquietantes que eu tinha da húngara, de sensações confusas sobre as quais eu não quisera pensar muito. De repente, a ideia de que minha amiga tivesse cometido um pecado mortal assumiu uma importância inesperada. O que ela me contava era bonito, mas eu sentia uma vaga preocupação que ia crescendo com seu relato. A terra soltava um vapor gelado. Junto com a admiração e o ciúme, uma angústia que eu não podia explicar crescia dentro de mim. Muito tempo depois, entendi que, naquela tarde, enquanto ouvia a história de amor de Carmen, o sexo já ficara para mim indissoluvelmente ligado ao castigo.

14

A mudança que eu esperava descobrir chegou algum tempo depois, e foi tão forte que até meus pais me perguntaram o que estava acontecendo com Carmen, que andava tão diferente. Minha amiga tinha se apaixonado como nunca antes eu vira alguém se apaixonar. Em comparação com os namoros das minhas colegas da escola, o amor de Carmen parecia um maremoto, uma força que a arrebatava e a transformava em uma dessas deusas da mitologia, selvagem e poderosa e até um pouco assustadora. A cada fim de semana eu a via mais luminosa, mais forte e decidida. Não tinha medo de nada, se sentia capaz de cruzar o Paraná de las Palmas a nado para chegar à casa de Emil, que era no Durazno. Emil, Emil, Emil, ela repetia tanto seu nome que às vezes até eu me sentia apaixonada por ele sem nem conhecê-lo. Os dois se viam pouco porque ele trabalhava em uma fábrica no Tigre e nos fins de semana tinha que ajudar o pai na ilha, mas um mês mais tarde Carmen começou a ir à casa de Emil nos sábados. Ele era filho de um polonês nascido em Misiones e de uma polonesa que viera para a Argentina com os pais como refugiada de guerra. Tinha um monte de irmãos com nomes impossíveis, que Carmen havia anotado num papel junto com umas vogais esquisitíssimas, nasais, que se pronunciavam de um jeito diferente das nossas e que ela praticava o tempo todo, com uma concentração que jamais tivera para a escola. Eu lhe dizia que ela parecia louca, mas sua paixão era contagiosa: em pouco tempo, eu teria dado tudo para passar um sábado com ela na casinha do Durazno.

Qualquer coisa que eu tivesse pensado sobre o amor antes disso ficou inconsistente diante da paixão que tomou conta de Carmen. O que acontecia com ela era palpável como a casca das árvores, como a própria terra, algo que a fazia ficar desesperada de raiva quando o Tordo se recusava a levá-la até o Durazno, algo que a fazia chorar à noite quando estávamos no deque contando estrelas cadentes, algo físico que poderia muito bem ser o castigo com o qual as freiras nos ameaçavam — não fosse a felicidade que parecia brotar de minha amiga quando voltava, após ter passado um sábado com Emil ou quando descia da coletiva pela manhã depois de ter estado com ele em um baile. O brilho de seus olhos e a mistura de doçura e ferocidade na expressão de seu rosto eram tão extraordinários que só de vê-la eu sentia um golpe no coração.

Na foto que ela trouxe um mês mais tarde, um loiro de pele dourada olhava para a câmera. Seus olhos azuis sorriam com adoração para Carmen, que tirava a foto. Estava sentado atrás de uma mesa com uma toalha quadriculada em branco e vermelho e tinha diante de si um prato de sopa.

— Zurek — disse Carmen. — É uma sopa de farinha azeda com embutidos e ovo cozido. Não está boa a foto que tirei?

E quando fiz uma careta — aquilo de farinha azeda não me soara muito tentador — ela me garantiu que se eu provasse nunca mais ia querer comer outra coisa na vida. Para ver a que extremos ela chegava. A mãe de Emil era, segundo Carmen, a melhor cozinheira do mundo, e os embutidos que ela defumava com zimbro em um forno de barro que os filhos haviam construído faziam as linguiças santiaguenses parecerem uma porcaria insossa. Por causa desse comentário, que fez sem escrúpulos durante um almoço, dona Ángela a manteve à base de couve-flor por vários dias. Mas ela não se importava. Dizia que se sentia capaz de suportar qualquer castigo, desde que estivesse ao lado de Emil. Eu pedia que ela não dissesse essas coisas, que me faziam pensar sem querer na ira divina. E, ao mesmo tempo, queria me sentir como ela, brilhar como ela; e queria, mais do que tudo no mundo, que Marito e eu fôssemos como ela e Emil.

Naquele dezembro, o vizinho da casa em frente celebrou seus cinquenta anos com uma festa. Já desde o fim de semana anterior havia uma grande excitação do nosso lado do canal. Dona Ángela evocava as festas dos vizinhos festejando os aniversários dos filhos e, dizia, não eram gente de fazer coisinha pouca. Chico e o Tordo se ofereceram como mão de obra e foram contratados com um belo pagamento, e até Marito esteve a ponto de conseguir um trabalho, que no fim não se concretizou. Meus pais tinham recebido o convite por correio, um cartão com letras douradas que Carmen lhes pediu como recordação e pôs em uma das caixas de sapatos forradas com papel pardo em que ela guardava desenhos de Lucio, postais que eu mandava quando saía de férias, frases escritas em papeizinhos soltos, os bilhetes da húngara e todos os papeizinhos de entrada dos bailes do Felicaria desde que conhecera Emil. Em outra caixa guardava tampinhas de Coca-Cola e de cerveja, rolhas e laços de presente. Quando dona Ángela a acusava de ser acumuladora, se defendia com um argumento muito claro:

— Quando eu ficar velha, vou colar tudo em uma das paredes de minha casa e vou ficar sentada olhando a minha vida nessa colagem — dizia. E continuava juntando o que Marito batizara de “o lixo mnemotécnico”.

No sábado da festa, apesar da onda de calor que teve início três dias antes, as pessoas começaram a trabalhar no jardim desde que amanheceu. Sobre a grama recém-cortada, montaram vários grupos de mesas e cadeiras; num canto perto dos álamos construíram um gazebo de madeira branca com trepadeiras de jasmim já crescidas, como se o gazebo estivesse ali desde sempre, e perto do rio instalaram bancos de praça e algumas mesinhas de ferro. Uns homens que chegaram na coletiva do meio-dia trabalharam a tarde inteira para iluminar a área; olhando do nosso deque, o jardim dos vizinhos parecia um formigueiro de gente montando um cenário que por momentos parecia ser só para nós.

Ao entardecer refrescou um pouco, e o vizinho veio em sua lancha buscar o Tordo para que ele ajudasse os convidados a desembarcar e fosse atracando as lanchas em um lugar protegido na ilha do meio. Chico estava desde cedo levando coisas de um lado para o outro.

Quando o sol baixou, mamãe, vestindo uma saia de chiffon lavanda e uma blusa de flores, e papai, de casaco claro e calças elegantes, embarcaram na lancha e cruzaram o canal. Eu tinha pensado em convidar Carmen e Marito para ver a saída da lua na foz do rio, mas acabamos os três decidindo que não queríamos perder a chegada dos convidados. Rio abaixo, dona Ángela e Lucio tinham se instalado no deque com umas cadeirinhas e Bartolo estava sentado ao lado de Lucio com as orelhas em pé, muito atento ao espetáculo.

As luzes iluminavam as árvores de baixo para cima e, à medida que foi anoitecendo, o jardim em frente enfim se transformou no cenário completo. Os convidados formavam grupos que se moviam entre as mesas e suas vozes e suas risadas chegavam em rajadas, como alegres retalhos da peça. Às oito chegou uma lancha de aluguel com a maioria dos convidados e os músicos: uma orquestra de câmara se instalou no gazebo e começou a afinar os instrumentos.

Carmen, Marito e eu preparamos um piquenique e montamos nossa própria mesa no deque. O sol baixou. Quando a lua se aproximou, por trás da linha de árvores, na margem do lado de lá, o som de uma flauta chegou pela água até nós, limpo e doce como a noite. Carmen procurou a minha mão e eu reprimi o impulso de buscar a de Marito. Eu o sentira prender a respiração com as primeiras notas.

Nenhum dos três falou durante o concerto. A cada peça nova, nos olhávamos deslumbrados, e sob a luz da lua os olhos de meus amigos brilhavam de emoção. À meia-noite se apagaram todas as luzes e alguém avançou pelo jardim em frente com um bolo enorme. O canto dos convidados soava sobre o rio, cobrindo os ruídos da noite. A luz das velinhas fez seus rostos flutuarem no escuro e depois, por um instante, apenas a lua os iluminava.

Um pouco depois de iniciada a música para dançar, Carmen adormeceu na espreguiçadeira e eu desci os degraus e mergulhei os pés no rio. A corrente se abria e me acariciava os tornozelos. Podia ouvir a música ao longe e ali, a meu lado, a água contra as estacas do deque.

Marito desceu os degraus e sentou-se perto de mim com os pés também na água. De repente, pareceu-me que as rãs do nosso jardim cantavam muito alto e que a música e os risos da festa em frente soavam mais distantes. Levantei o cabelo.

Marito pôs a mão no rio e depois envolveu minha nuca com a mão molhada e fresca. Baixei a cabeça e fechei os olhos. Senti a camiseta grudada nas costas. Tinha medo de que fosse possível ouvir meu coração no escuro.

— Está muito quente — ele disse.

— Por que não entramos na água? — eu me atrevi a sugerir.

Quando crianças, havíamos feito isso muitas vezes, mas agora já fazia alguns anos que não entrávamos juntos na água à noite. Pedi que fechasse os olhos para poder tirar a roupa e ele tapou o rosto com as mãos. Deixei a calça e a camiseta no degrau. Entrei na água e me deixei levar por um trecho até me segurar na corda da amarra, que estava suspensa a poucos metros da água. A roldana da amarra girou com um lamento e a corda afrouxou a tensão e baixou até a água. Afundei a cabeça no rio. Ali embaixo só dava para escutar o zumbido de meus ouvidos. Não vi Marito despir a calça. Ele apareceu de repente ao meu lado, senti quando roçou meu corpo ao passar por mim para se segurar na corda, um pouco mais abaixo. Virei-me para ficar de frente para ele. A correnteza não estava forte, mas eu a sentia envolver-me e seguir seu caminho até Marito. Sabia que se me soltasse iria ao encontro do corpo dele, mas não quis fazer isso. Quem se aproximou foi ele, usando a corda para ir contra a correnteza. Estava muito sério, senti dificuldade em decifrar sua expressão; na verdade, ele me olhava como se tivesse medo de mim. Senti que me beijaria e tentei pensar no que faria se me beijasse. Ele continuava olhando para mim. Eu tremia. Depois do que me pareceu uma eternidade, Marito se aproximou um pouco mais. Muito lentamente, como se não quisesse me assustar, estendeu a mão e tocou meu rosto.

Só ouvi o motor da lancha de meus pais quando eles já estavam muito perto. Puxei a corda para chegar antes ao deque e mal terminava de fechar o zíper da calça quando papai gritou, pedindo que eu jogasse a corda.

Marito tinha desaparecido. Supus que se deixara levar pela correnteza até o deque da casa dele. Muito mais tarde, depois de Carmen ir embora e de todos entrarem em casa, ele voltou para buscar sua roupa. Vi-o da janela do quarto. Ele se movia como um gato à luz da lua. Nunca na vida me sentira mais feliz.

15

Acordei perto do meio-dia pensando em Marito como se não tivesse se passado um segundo desde que estivéramos na água. Levantei e me vesti apressada. Era como se não pudesse continuar respirando se não o visse. Enquanto atravessava a pontezinha correndo, ouvi as risadas de Lucio, que batia os pés na água, e a voz de Carmen.

— Bate os pezinhos, vamos — dizia Carmen. Bartolo latia, fazendo coro.

Marito não estava com eles no deque. Fui até a porta da cozinha de dona Ángela e o chamei. Não havia ninguém na casa.

— E Marito? — perguntei a Carmen com a voz mais neutra que consegui.

— Levantou dizendo que tinha que ir a Santiago ver os tios — disse Carmen. — Foi na coletiva da manhã.

Sentei-me no banquinho. Minhas pernas tinham amolecido. Não sei que cara fiz, mas Carmen não tirava os olhos de mim e começou a tatear os bolsos da calça.

— O que rola entre vocês? — perguntou. — Ele deixou uma carta para você.

O bilhete estava dentro de um dos envelopes da húngara. Marito havia riscado o nome de Carmen e escrevera embaixo, em letras de fôrma: "Para Alma".

Fui até o canavial. Ouvi Carmen mandando Lucio perguntar alguma coisa a dona Ángela e vir atrás de mim.

— O que ele tanto precisa dizer a você? — indagou Carmen, aproximando-se.

— Quero ler sozinha — respondi.

Ela estacou de repente.

— Ah, bom, que mistério — disse, e pensei que iria embora, mas ficou parada na minha frente.

Minhas mãos tremiam quando abri o envelope. O papelzinho estava dobrado em quatro e havia grudado na aba do envelope. Descolei-o com um puxão. *É melhor a gente esquecer o que aconteceu ontem à noite*, dizia o bilhete. Só isso. Não estava assinado.

Meus olhos se encheram de lágrimas. Como eu ia esquecer a coisa mais linda que já havia acontecido na minha vida? Li de novo, olhei o verso do papel e o interior do envelope.

— Ele foi embora — disse para mim mesma.

— Eu falei que ele tinha ido — disse Carmen. — Você vai me contar o que está acontecendo?

Guardei o bilhete no bolso da calça.

Carmen suspirou e me deu as costas, com um último olhar ofendido.

— Vou até a casa da húngara — disse.

— Espere — pedi. — Vou com você.

Subimos no bote, Carmen soltou a amarra e pegou os remos. Eu me sentei na popa. Durante a viagem, caíam lágrimas de meus olhos sem que eu conseguisse reprimi-las; o bilhete em meu bolso pesava como uma pedra. A todo momento Carmen soltava um suspiro exagerado, mas não dizia nada. Eu sabia que ela estava esperando, que se fosse por ela já teria me esganado para que falasse; seus suspiros e olhares eram piores que todas as perguntas que queria me fazer.

— Pedra, papel, tesoura — disse ela. — Se você perder, tem que me contar.

Carmen recolheu os remos e o bote enviesou como se discordasse do rumo que lhe dávamos. Escondemos a mão direita atrás das costas.

— Pedra, papel, tesoura.

Não desgrudamos os olhos uma da outra enquanto formávamos a figura, escondendo o gesto uma da outra. Sempre que jogávamos, eu imaginava que era capaz de adivinhar o que Carmen faria. Achava que, se me concentrasse o suficiente, saberia a figura que ela estava formando, como se minha mente pudesse se adiantar no tempo e ver o punho fechado, a palma aberta ou os dedos em "V" antes que ela os mostrasse. Dessa vez optei pela pedra sem pensar duas vezes, mas não tinha nenhuma certeza de que queria ganhar.

Carmen fez o papel. Segurou meu punho fechado com um grito de vitória.

— Desembuche!

O bote começava a girar sobre si mesmo. Ela baixou os remos e retomamos o rumo. Agora que havia ganhado, sorria satisfeita e esperava sem me pressionar.

— Você não percebeu nada? — perguntei quando estávamos quase chegando à casa da húngara.

— Do quê?

— De mim.

— O que tem você?

— De mim e do Marito.

Carmen soltou outro de seus suspiros.

— Vai, meu bem, fala de uma vez.

Fiquei em silêncio. Com uma pancada, a proa do bote bateu na terra. Carmen recolheu os remos e desceu com a corda para amarrar o bote à margem.

— Você vai descer? — perguntou.

Eu não conseguia sair do lugar e tinha recomeçado a chorar. Carmen se agachou na margem e estendeu o braço para me oferecer a mão.

— Se não quiser, não conte — disse —, mas não chore. Não consigo ver gente chorando.

Peguei sua mão e fiquei olhando para ela sem me mover. A mão áspera apertou a minha de leve. E então contei.

— Estou apaixonada pelo Marito — falei, e uma vez falado, me pareceu que contar tudo a Carmen era a única coisa que eu podia fazer.

Sentamos embaixo da amoreira. Comecei a contar desordenadamente a Carmen tudo o que me passava pela cabeça. As lembranças se apresentaram de repente, com uma clareza impressionante, e me dei conta pela primeira vez de que minha vida estava cheia de momentos com Marito, coletados desde a infância. À medida que ia falando, a vontade de estar com ele ficava cada vez mais forte; me faltava o ar. Carmen me ouvia em silêncio, mordendo o talo de uma flor silvestre.

Contei sobre meus desenhos, de como as semanas pareciam longas, da felicidade que sentia nas sextas-feiras quando a lancha virava a curva do canal e se aproximava da ilha e o via de pé no deque; a alegria que me fazia tremer, a vontade de rir só de vê-lo, a vergonha de que ele talvez percebesse. Falei sobre minha aflição quando ele não estava, da certeza de que sendo assim não havia nada para mim no mundo. Falei de seus olhos, da cicatriz que tinha no lábio, de sua risada, da forma como movia o corpo quando pescava no deque. Carmen me ouvia de barriga para cima, depois de bruços, depois de barriga para cima outra vez. De tempos em tempos arrancava outra flor. Não conseguia parar quieta.

— Eu acho que ele também está — comecei a dizer, mas Carmen levantou as sobrancelhas e não me animei a terminar a frase. — Ontem à noite, na água, ele quase me beijou.

Vindo do canal, ouvia-se o som ritmado de uma barca.

Carmen girou o corpo para ficar de bruços. Cuspiu um talo.

— Ele nunca te disse nada? — perguntei.

— Ele cortaria a língua antes de me contar esse tipo de coisa.

— Mas o que você acha?

O que eu mais queria no mundo era que Carmen me dissesse que Marito estava apaixonado por mim, mas ela não disse.

— O Emil tem um cartaz no quarto dele com uma frase de Marie Curie que diz: "É preciso ser persistente e acreditar em si mesmo". A Curie era polonesa.

— E...?

— E que não seria nada fácil se vocês se apaixonassem — disse ela, depois se levantou e saiu de debaixo da amoreira espanando a calça. — Você vem comigo até a casa?

Conhecendo-a como eu conhecia, percebi que a conversa havia chegado ao fim.

— Por que não seria fácil? — insisti.

— Porque seria a maior confusão. Vamos?

Carmen estava dando o assunto por encerrado. Voltei a perguntar-lhe o porquê, mas ela não me respondeu. Afastou-se na direção da casa, dando de ombros.

— Outro dia — disse. — Tenho que pensar bem a respeito.

Ela que pensasse o quanto quisesse. Eu me sentia capaz de esperar por Marito pelo resto da minha vida.

— Te incomoda que eu esteja apaixonada por Marito? — perguntei.

Ela se virou.

— Tá maluca? Você é a amiga que eu mais amo no mundo — disse.

Fazia muito tempo que eu não ia à casa da húngara e, talvez porque soubesse que ela estava vazia havia tanto tempo, pareceu-me que tinha agora um aspecto abandonado. Chico estava comprando os materiais para pintá-la e já começara a lixar as balaustradas da varanda, mas não era isso que dava à casa um ar de abandono, ou pelo menos era o que parecia. A grama estava bastante alta e o jasmineiro da lateral da casa havia crescido muito; as ondas de seu perfume nos envolviam à medida que nos aproximávamos. O caminho que ia do deque até a casa estava sujo com as agulhas das casuarinas e o deque, meio caído: uma das pilastras havia quebrado e estava presa com um arame. Ao subir as escadas da casa, senti uma grande tristeza. Talvez de agora em diante minha vida seria assim, sempre que Marito não estivesse: aquele aperto no peito.

— Não vamos entrar — pedi, mas Carmen queria trocar as flores e me prometeu que só ficaríamos um pouco.

Assim que ela abriu a porta, sentimos um cheiro repugnante. Carmen parou no meio da sala e me olhou assustada.

— Que cheiro será esse? — perguntou.

A sala estava com as cortinas de junco abaixadas e bastante fresca, mas o cheiro era tão forte que não era possível ficar ali.

— Faz quanto tempo que você não vem? — perguntei.

Não fazia tanto tempo. Ela estivera lá com Emil menos de uma semana antes, trocando as flores e ventilando.

— Isso é novo — disse.

Percorremos a casa inteira sem encontrar nada e já estávamos quase desistindo quando Carmen teve a ideia de voltar ao quarto e olhar dentro do guarda-roupa.

Lá, deitada sobre o vestido de rosas, havia uma gata morta. Os cadáveres de dois gatinhos muito pequenos ainda estavam na posição de mamar. Vermes esbranquiçados haviam feito um buraco no quadril da gata e, à luz filtrada pelos juncos da janela, estavam tão agitados que dava a impressão de que a gata se mexia um pouco, como se ainda quisesse proteger seus gatinhos com as patas traseiras.

— Pegue uns jornais e uma sacola na cozinha — disse Carmen.

Mas eu não conseguia me mexer.

— Vá buscar uma sacola. Temos que tirar essa gata morta daqui — disse Carmen.

Dessa vez obedeci.

Segurei a sacola aberta para que Carmen pusesse a gata e os gatinhos dentro. Fechei os olhos, mas isso fez com que o cheiro parecesse mais forte, e voltei a abri-los. Fitei o rosto de Carmen. Ela estava muito séria. Fez um nó na sacola e a apoiou no chão. O vestido ficara manchado de sangue e tinha crostas grudadas e alguns vermes se contorciam, desesperados. A vontade de vomitar se misturou à vontade de chorar. Eu jurava que queria chorar pelo vestido e me senti uma idiota. As manchas marrons que sujavam as flores pastel; o sangue seco que imaginei que a gata tivesse perdido ao dar à luz; a morte ali na escuridão do guarda-roupa, na casa vazia, me fizeram sentir que na vida tudo podia mudar de repente. Eu nunca antes sentira que a vida podia acabar em meio a algo que não tem nada a ver com a morte.

16

Nos primeiros fins de semana depois que Marito foi embora, eu chegava ansiosa, certa de que naquela sexta-feira enfim o veria. Passadas três semanas, quando Carmen me contou que chegara uma carta em que ele dizia que ficaria mais algum tempo viajando pelo Norte, perdi até a vontade de ir à ilha.

Foi uma época infeliz. Sem Marito, eu me sentia perdida, como se todas as coisas boas que desejara para mim tivessem se tornado impossíveis, e nesse mesmo mês quebrei a promessa que fizera a minha amiga sete anos antes.

Meu aniversário estava chegando, e mamãe e papai resolveram que um jeito de conseguir que os meninos que iam às festas parassem de me ignorar era fazer um churrasco na ilha. O argumento era que se aqueles imberbes, como os chamava papai, não me tiravam para dançar, era simplesmente porque não me conheciam. Era preciso, então, forçá-los a me descobrir, e a ilha era o melhor lugar para que me vissem em ação.

A função foi bem impressionante: papai contratou uma coletiva que levou os vinte convidados até a ilha, montamos duas longas mesas de madeira no fundo do jardim e pedimos a Chico que preparasse dois cordeiros, que estavam assando desde cedo em espetos em forma de cruz. Carmen e eu passamos toda a manhã preparando saladas e decorando as mesas com flores e folhas porque, segundo Carmen, minha festa era um banquete e os banquetes eram assim. Mamãe teve que nos dar um basta, porque perto do meio-dia continuávamos acrescentando tanta decoração que não haveria espaço para os convidados, mas as mesas ficaram muito bonitas. Carmen estava tão orgulhosa de nossa obra de arte que pedi a mamãe que nos fotografasse. Ainda tenho as fotos: uma série em que aparecemos brindando com as taças vazias e fazendo poses extravagantes por trás das flores de nossa decoração.

Perto da hora de chegada de meus convidados, tomamos banho no rio com um xampu e um sabonete com perfume de rosas que Carmen comprara especialmente e, quando sentimos o motor da coletiva entrando no canal, ela foi correndo se trocar e eu, que já estava pronta, esperei no deque para dar as boas-vindas aos convidados.

Estava tão nervosa que meu lábio começou a tremer, e teria dado qualquer coisa para que Carmen estivesse comigo. A primeira a desembarcar foi Lucila Atkins, uma das meninas mais populares do grupo e que fora eleita a mais bonita da turma. Lucila não era minha amiga, mas todas queriam ser amigas dela. Era irmã do franjudo que Carmen imitava nas nossas brincadeiras, e ser aceita por eles era uma espécie de rito: as reuniões na casa deles eram, de acordo com todas as minhas colegas, as mais divertidas e, mesmo sem nunca ter ido, no fundo morria de vontade de ser convidada. Lucila tinha cabelo loiro e liso até a cintura, nariz arrebitado e carinha de boneca e usava saias de babados e blusas de florzinhas que o pai trazia para ela dos Estados Unidos. Naquele dia, estava de jeans boca de sino, sapatos de plataforma e uma de suas blusas floridas, e bastou vê-la desembarcar da coletiva para sentir-me comum e sem graça com minha calça reta e minha camiseta de algodão. Atrás dela desceu Antonio, o menino de quem ela gostava. Toda segunda-feira minhas colegas esperavam a chegada de Lucila para saber os detalhes do que prometia se tornar o namoro do ano, mas, por algum motivo que desconhecíamos, Antonio não se decidia e sua indefinição parecia afetar a turma inteira. Os demais convidados foram desembarcando um por um, e todos me traziam presentes e pareciam felizes de estar ali. Mamãe acomodou os rapazes em um quarto e as meninas nos outros dois, e a casa se encheu de gritos enquanto vestíamos nossos maiôs e íamos saindo em direção ao deque. Os meninos corriam e se atiravam de cabeça na água para nadar, respingavam água nas meninas que iam se sentando nos degraus, gritavam coisas uns aos outros, se desafiavam. Algumas das meninas se animaram a entrar no rio, outras olhavam para ele com desconfiança, todos falavam maravilhas da ilha, da minha ilha, e pela primeira vez na vida tive a sensação de que tinha uma chance de fazer parte do grupo.

Quando Carmen apareceu, não a vi. Estava saindo da água e um dos meninos, não lembro qual, puxava meu pé para que eu não saísse da água. Lucila se debruçou na balaustrada. Estava embrulhada numa toalha cor-de-rosa e penteava o cabelo.

— Estão te procurando, Alma — disse e me olhou de um jeito estranho, com deboche.

Carmen não a viu, mas os que estavam na água e nas escadas olharam com curiosidade para descobrir do que zombava Lucila. Carmen estava parada em uma ponta do deque, esperando. Parecia vestida para um dos bailes do Felicaria, tão diferente de todos, tão ridícula em seu vestido cintilante, seu penteado e seus lábios pintados de rosa que senti meu mundo despencar. Alguém riu.

— Ah, oi, Carmen — falei, ou melhor, gritei, cumprimentando minha amiga com o braço erguido.

Há coisas que acontecem em um momento mas ocupam um espaço enorme, como se atravessassem o tempo em câmera lenta. Minha voz tinha soado estridente, impostada. O tom dissera a todos que a presença de Carmen me pegava de surpresa, como se ela não fosse esperada. Meu cumprimento implicara claramente que eu não tinha muito a ver com ela. E já era tarde para voltar atrás. Carmen também me ouvira.

— Vou ver se sua mãe precisa de ajuda — disse e, antes que eu conseguisse reagir, deu meia-volta e foi embora.

Saí da água e subi correndo os degraus, mas ela já entrara na casa. Fiquei ali parada pingando água, rodeada dos que até aquele dia nunca tinham sido meus amigos e agora eram testemunhas de minha traição e nem sequer percebiam o que eu acabara de fazer.

"Ela é a minha melhor amiga", eu queria dizer para eles, mas as palavras não saíam.

Corri atrás de Carmen. Às minhas costas, ouvi Lucila rindo.

— Viram aquele vestido? — disse ela; um coro de risadas seguiu-se a seu comentário.

Carmen estava na cozinha preparando uma cesta de pães.

— Por que você não vem lá para fora? — convidei.

— Estou bem aqui — respondeu, e continuou cortando fatias de pão.

— Estávamos tomando banho de rio antes do almoço.

— Eu vi.

— Não se preocupe com o pão. Podemos levar para a mesa assim mesmo, e cada um corta o seu — insisti.

Ela me deu as costas e saiu pela porta dos fundos com a cesta cheia.

Fui atrás dela.

— Não quer entrar na água?

Não me respondeu. Observei-a apoiar a cesta sobre a mesa e fiquei esperando seu próximo movimento.

— É melhor eu ir para casa — falou.

Lucila, com a toalha rosa amarrada em volta da cintura, aproximou-se pela lateral da casa.

— O almoço já está pronto? — perguntou.

— Essa é a Carmen — "minha melhor amiga", queria dizer, mas uma vez mais não consegui.

Lucila se aproximou para cumprimentar, mas Carmen fez uma inclinação com a cabeça, deu as costas a ela e começou a ajeitar umas flores.

Os outros começaram a aparecer e cercaram a mesa falando aos gritos e rindo. Papai disse que o almoço estava pronto e a notícia foi recebida com vivas e assobios de alegria.

Carmen se afastava em direção a sua casa.

— O almoço está pronto, Carmen! — gritei.

Ela ergueu a mão.

— Já volto — disse.

Eu sabia que ela não ia voltar.

17

Os dias que se seguiram ao meu aniversário foram horríveis. Nem sequer os comentários de minhas colegas de escola sobre os festejos na ilha conseguiram me distrair do desprezo que sentia por mim mesma. Tinha conversas imaginárias com minha amiga nas quais lhe pedia perdão e ela terminava me abraçando, mas eu sabia que nada voltaria a ser como antes, e toda manhã, quando despertava, a cena do deque desabava sobre mim como um pesadelo do qual eu jamais seria capaz de acordar. Na escola, as coisas foram voltando ao normal e na sexta-feira, quando todas começaram a falar nos planos para o fim de semana, eu já me sentia outra vez fora do grupo, como se meu aniversário tivesse sido um parêntese que me deixara mais sozinha do que nunca.

No sábado, quando cheguei à ilha, Carmen não estava e dona Ángela me disse que ela havia avisado que passaria todo o fim de semana na casa de Emil. Sem ela e sem Marito, o dia me pareceu interminável e vazio. As coisas pioraram quando no domingo, por volta das dez, a lancha de Virulana atracou no deque de dona Ángela e todos, inclusive Bartolo, embarcaram para fazer um passeio. Eu me encostei no parapeito para acenar para eles, mas Lucio foi o único que me deu tchau com a mãozinha. A figura de dona Ángela, enorme e tranquila, afastando-se rio abaixo na popa da lancha, me encheu de tristeza, como se ela estivesse me dando as costas de propósito e assim me dissesse que eu já não existia para eles. Fiquei olhando até todos desaparecerem na curva do Desaguadero.

Sentei-me para olhar os redemoinhos que o rio provoca junto das palafitas do deque, as nuvens de lodo que se formam e se desmancham na água. O rio estava cheio e limpo, e era um desses dias brilhantes, tão perfeitos que minha desolação não sabia onde se esconder. No meio da manhã, meus pais me convidaram para dar uma volta de lancha. Não quis ir. Passei a manhã sentada nos degraus, a garganta ardendo de vontade de chorar. Tinha a sensação de que tudo o que havia sido importante para mim até aquele momento desaparecera para sempre.

Depois do almoço, quando meus pais foram dormir a sesta, fui à casa de dona Ángela. Não sabia muito bem o que queria fazer, mas de repente estava dentro da casa em silêncio, sentada no banco junto ao fogão a lenha. A chapa do fogão irradiava calor e nuvens de poeira brilhavam na luz que entrava pela janelinha. Ali, pela primeira vez naquele dia, consegui chorar.

A ideia de subir para o mezanino do lado onde ficava o quarto de Marito foi tão repentina que me sobressaltou. Eu nunca estivera naquela parte da casa. Do espaço em frente, onde brincávamos, só se viam umas cortinas de junco; Carmen me dissera que o Tordo tinha proibido que entrássemos, mas eu sabia que a cama de Marito ficava ali e agora só o que eu queria era conhecer o quarto dele e procurá-lo entre suas coisas.

Não é que eu tivesse alguma ideia prévia ou esperasse algo concreto, mas não estava preparada para o que encontrei. A luz que entrava pela janelinha iluminava livros e mais livros: apoiados nas paredes, no centro do espaço, em pequenas pilhas, em alguns lugares eles chegavam quase até o teto; pareciam ocupar tudo. Alguém montara pilhas de tijolos sobre as quais se assentavam tábuas e chapas de madeira, e nas prateleiras daquela estante improvisada foram postos os livros. Em alguns lugares as chapas tinham ficado vergadas com o peso e os livros estavam inclinados ou empilhados. Demorei a perceber que alguns setores daquela estante de livros formavam as paredes que dividiam o espaço em três quartos muito pequenos, de não mais de dois metros por dois. Na entrada de cada quarto, pendurada no teto, havia uma cortina de junco.

Aproximei-me de um dos quartos. Uma pintura ocupava quase toda a parede da frente, a única que não estava coberta de livros porque correspondia à parede externa da casa. A pintura era de uma mulher nua recostada para trás com as pernas abertas. Seu sexo, pintado em tons de vermelho e laranja, parecia iluminado por dentro. Não demorei a reconhecer a húngara, com o cabelo solto e o olhar que eu vira através da janela enquanto ela fazia amor com o Tordo. Estava recostada em almofadas floridas e em toda a volta cresciam plantas. Entre as folhas havia peixes e pássaros; em uma das mãos ela segurava um livro de capa azul, o dedo indicador entre as páginas como se ela estivesse a ponto de retomar a leitura. Larguei a cortina depressa. O que eu estava fazendo era errado. Imaginei a fúria do Tordo se me encontrasse espiando seu quarto e senti o impulso de sair correndo. Mas minha curiosidade foi mais forte que o medo. Prestei atenção nos sons que vinham de fora. Exceto pelas cigarras da tarde, não se ouvia nada — nenhum motor, nenhuma voz —, nada que pudesse indicar que eles estavam por chegar. Lamentei que Bartolo tivesse ido junto. Teria que ficar muito atenta.

Duas das paredes do quarto seguinte eram formadas pela estante de livros, fazendo ângulo com as outras duas que se encontravam para formar o canto da casa. Junto dessas duas paredes — a da lateral e a dos fundos da casa — havia um colchão no chão, coberto por uma colcha de tear com flores de cores alegres. A um lado da cama, outra pilha de livros servia de mesa de cabeceira. Pregada à única parede de verdade havia uma infinidade de fotos, recortes de revistas e papéis com coisas escritas. Deitei-me na cama e afundei o rosto no travesseiro procurando o cheiro de Marito. Meu coração parecia prestes a explodir.

Não sei quanto tempo estive assim, com o rosto no travesseiro e o ouvido atento aos barulhos de fora. Não sei em que estava pensando antes de me virar e sentar na cama, antes de prestar atenção nas paredes e nos livros. Só sei que me sentia feliz e apavorada ao mesmo tempo, e que por um momento esqueci de tudo o que tinha acontecido. Na parede havia uma foto de Marito com seu guarda-pó e seus cadernos amarrados com um cinto, outras com uns homens que, pela semelhança com o Tordo e com Chico, deviam ser seus tios; fotos em uma paisagem muito diferente daquela da ilha, seca, rasteira e cheia de árvores com galhos retorcidos. Parei para examinar uma foto desbotada de polaroide na qual ele está sentado sobre o braço de um sofá desconjuntado, com o braço rodeando os ombros de uma pessoa que imaginei ser seu pai: um homem magro e abatido com as mãos agarradas aos joelhos ossudos como se fossem uma tábua de salvação. Marito tentava sorrir na foto, mas seus olhos estavam tristes. Havia fotos de Carmen e de Lucio; eu estava olhando uma de Mabel com um homem vestido de marinheiro, de pé em frente à estátua do leão-marinho da Rambla de Mar del Plata, quando tive a impressão de ouvir um motor se aproximar. Corri até a janela do quarto do Tordo e espiei para fora. Não tinha pensado em como faria para sair se eles já estivessem à vista e o medo me deu um frio na barriga. Uma lancha vermelha passou pela margem em frente e se afastou, subindo o rio. Calculei que, se os visse se aproximando, ainda teria tempo de descer correndo e sair sorrateiramente por trás da planta de orelhas de elefante que estava a meio metro da entrada. Era possível que não me vissem, ocupados como estariam em desembarcar. Voltei para o quarto de Marito e me sentei na cama dele. Na parede havia uma infinidade de imagens do mar recortadas de revistas, um campo de girassóis, uma foto dos ilhéus no corte de juncos emoldurada com papelão: Marito aparecia numa ponta, aos dez ou doze anos, com os braços magros e as costelas marcadas, segurando um facão erguido como numa declaração de guerra. Sobreposta a um canto da foto, havia uma folha solta com o poema "As mãos", de Miguel Hernández. Por estar em busca de apenas uma parte de Marito e não ser capaz de ver o que não estava procurando, o poema quase me passou despercebido. Só fui me dar conta de sua verdadeira dimensão anos mais tarde, quando olhei para trás e as coisas se juntaram como as contas de um colar. Mas naquela tarde, no quarto dele, desesperada para encontrar entre as suas coisas algo que revelasse o que ele sentia por mim, não fui capaz de ver o que não falava de mim, mas dele, com uma veemência comovedora.

Sobre a mesa de cabeceira havia quatro livros, um deles aberto e virado para baixo, como se Marito tivesse ido para Santiago sem perceber que não o retomaria por algum tempo. Era *Os condenados da terra*, de Frantz Fanon. Uma foto caiu do meio das páginas quando fui devolvê-lo a seu lugar. Era uma foto minha. Minhas mãos começaram a tremer. Sentada no deque de casa, um pouco fora de foco, eu mal estava visível; alguém certamente a tirara do deque de dona Ángela. Concluí que fora Marito; se tivesse sido Carmen, ela teria me mostrado. Atrás da foto, havia uns versos que eu não conhecia, escritos com a letra enérgica e inclinada de Marito. *Amo em você o impossível/ Mas de forma alguma a desesperança. Nâzim Hikmet.*

Li-os uma e outra vez: *amo em você, amo em você, amo em você*. Marito escrevera que me amava. O significado dos versos parecia desaparecer perante essa revelação. Guardei a foto entre as páginas do livro e olhei em volta mais uma vez.

Mais tarde me arrependi de não ter ficado até saciar minha curiosidade, mas naquela tarde, enquanto descia a escadinha do mezanino, eu só conseguia pensar que nem tudo estava perdido. Uma felicidade absurda tomara conta de mim. Marito me amava. Algum dia ele ia voltar. E eu estaria esperando por ele.

SEGUNDA PARTE

1

Mais de um ano se passou antes de eu voltar a ver Carmen e Marito. Lembro vagamente desse período, como se tivesse vivido numa espécie de limbo, esperando os sinais que me empurrariam no sentido de retomar minha vida. Em algum momento eu quis fazer o quinto ano em modalidade livre,* mas meus pais não deixaram. Ia à escola e dormia com a cabeça apoiada nos braços e o casaco azul jogado por cima da cabeça como uma barraca. A maioria das professoras nem se preocupava em me acordar, porque de todo jeito minhas notas eram boas. Saía pouco e, ainda que continuasse indo à ilha, os fins de semana sem Marito e Carmen me pareciam longos e tediosos. Mabel tinha aparecido um dia durante a semana e levara Lucio embora; desde então dona Ángela estava mais calada que nunca. Fui visitá-la algumas vezes naquele inverno. Sentava-me em um banco encostado na parede enquanto ela cozinhava. Bartolo apoiava a cabeça nas minhas pernas e ficava muito quieto, me olhando. Eu sentia seu bafo úmido sobre a perna, o peso de sua cabeça, seu olhar que não se afastava de mim. Parecia que a qualquer momento ele começaria a uivar de desespero. Soube que Carmen passava quase o tempo todo na casa de Emil. Marito estava morando com o pai, estudava na Universidade Tecnológica e trabalhava num estaleiro. Eu achava que não voltaria

* Modalidade educativa na Argentina em que o/a estudante não precisa comparecer às aulas presenciais, desde que seja aprovado/a em todos os exames finais. (N.T.)

a vê-lo, mas toda vez que nossa lancha fazia a curva para entrar no canal, um nó se formava em meu estômago e eu forçava a vista para distingui-lo sentado no deque olhando o rio, como em tantas outras vezes. Era como se uma parte de mim tivesse se separado da outra, decidida a continuar sonhando, apesar de tudo. Escrevera duas cartas para Carmen. Ela nunca respondeu.

Em março daquele ano houve o golpe militar. Mais tarde na minha vida, tentando lembrar o início da ditadura, tive que reconhecer que por muitos meses não houve grande diferença para mim entre o novo governo e o anterior. No dia 24 de março, a televisão de casa esteve ligada quase o dia inteiro, mas meus pais não fizeram maiores comentários. Lembro-me de um, no entanto: "Alguém tinha que pôr ordem na casa". Eu não tinha me dado conta de que meus pais vinham vivendo com medo. Para eles, a Junta Militar poria ordem no país e depois convocaria eleições. Na época eu não tinha nenhuma opinião política. Frequentava uma escola onde raramente se tocava no assunto, e o primeiro contato próximo que tive com o governo militar foi quando a professora de educação cívica, uma mulher baixinha e enérgica de quem eu gostava muito, foi acusada de subversiva e despedida. Obviamente não foi o que nos disseram, mas Lucila Atkins chegou com a notícia e todas nós sentimos que era uma acusação grave, mesmo sem saber direito o que significava.

— É preciso ter cuidado com as opiniões que você dá na sua escola — disse papai. — Essas coisas são complicadas. Não se meta.

Só isso. A única coisa que eu queria era terminar o quinto ano e viver de outro jeito. Foi então que Marito voltou.

Num sábado no fim do outono, papai fez a curva para entrar no canal e Marito estava no deque pescando. Assim, sem avisar. Eu sonhara com essa imagem por mais de um ano, mas nada me preparara para o terror que senti. Ele finalmente estava lá e eu não sabia como seria olhá-lo nos olhos, como seria ele olhar para mim, se nos reconheceríamos — não no sentido mais literal da palavra, mas em outro sentido: reconhecer-nos no amor que antes tínhamos um pelo outro, um século antes. De repente senti tanto medo dele como se pode ter de um estranho e, ao mesmo tempo, tanta alegria de vê-lo que mal conseguia respirar. Estava paralisada na popa da lancha enquanto me imaginava pulando na água para nadar até ele. Marito nos fez um aceno de longe e recolheu a linha. Com a aproximação da lancha, ele atravessou a pontezinha, apareceu em nosso jardim, passou pela sombra das casuarinas e entrou na luz do sol que batia direto no deque. E foi como se ele aparecesse de repente, iluminado; caminhava em minha direção com o corpo solto, os braços ao lado do tronco, o rosto aberto num sorriso. Eu o cumprimentei da lancha — não sei o que disse — e comecei a passar a bagagem para ele. Ia passando a bagagem e mal conseguia olhar para ele. Só consegui falar com ele depois de deixar a lancha atracada. Abracei-o. Mamãe e papai estavam ali, mas eu não queria acabar o abraço nunca mais. Foi ele quem se afastou. Meus olhos estavam cheios de lágrimas; entrei correndo com as coisas para que ninguém percebesse. Uma vez dentro de casa, tive que ir para o meu quarto para recuperar o fôlego. Ouvi quando ele acomodou a bagagem na entrada e contou a papai que os estudos iam bem e que o Tordo havia construído um galpãozinho para ele no fundo do terreno para que montasse uma oficina de consertos. Os reflexos do sol entre as folhas dançavam no chão, em minha colcha, em meu rosto, e eu ouvia a voz dele ali fora, mais grave do que antes, crescida; não conseguia me mexer.

— Talvez você consiga arrumar meu gravador — disse mamãe. — Faz meses que não funciona.

Ele disse que sim, que se ela quisesse podia dar uma olhada naquele dia mesmo. Mamãe respondeu que o procuraria depois. Eu continuava sentada na cama.

Fiquei assim por muito tempo. Vi quando ele cruzou o jardim para voltar para a casa dele. Mamãe e papai prepararam um aperitivo e levaram as cadeiras para o deque. O que eu mais queria era que ele viesse me procurar, mesmo sabendo que não ia fazer isso, e tive a sensação de que poderíamos passar assim todo o fim de semana, ele de um lado e eu do outro, como se o riacho que separava nossas casas tivesse se transformado num oceano. Então tive a ideia de levar o gravador para ele.

Avistei-o antes de atravessar a ponte suspensa. Caminhava de um lado para o outro e não ouviu quando me aproximei. Entendi, com um pulo no coração, que ele estava ali porque também não tinha coragem de atravessar a ponte. Finalmente me viu. Marito não gostava que seu rosto o traísse; sempre dizia que nunca na vida tinha ficado corado e o vi chorar apenas uma vez, vários fins de semana depois desse, quando o bote do Tordo virou. Mas, quando me viu sobre a pontezinha, eu seria capaz de jurar que seu rosto ficou vermelho. Eu tinha a impressão de que dava para ouvir meu coração.

Estendi os braços para a frente, segurando o gravador.

— Você veio trazer o gravador? — perguntou.

Tudo o que eu tinha querido dizer a ele durante tanto tempo parecia se embolar na minha garganta. Eu só conseguia olhar para ele, segurando o gravador à frente como um escudo ou uma oferenda. Ele o tirou das minhas mãos.

— É pesado — disse ele.

Continuávamos de frente um para o outro e eu não sabia o que fazer com as mãos; tinha uma vontade irresistível de fazer caretas ou palhaçadas, algo que não fosse estar de pé assim na frente dele.

— Me mostra a sua oficina? — enfim me ocorreu dizer.

Caminhamos até o fundo, quase nos tocando. Sentia seu corpo, seu braço morno. O único barulho era o de nossos passos sobre as folhas.

Você vai voltar a morar aqui? — perguntei.

— Não. Vou começar a vir nos fins de semana. Não estou mais trabalhando no estaleiro.

A oficina era um galpãozinho de compensado no fundo do terreno de dona Ángela. A porta resistiu um pouco e depois se abriu. Dentro, o chão era de terra. Encostado numa parede havia um estrado com a colcha de flores que eu vira no quarto de Marito; a um canto o caixote que ele trouxera de Santiago del Estero e alguns livros. Do lado oposto, uma mesa de fórmica um pouco torta, com pernas de metal, e um painel de cortiça com ferramentas.

— Talvez você possa consertar coisas pro pessoal de Buenos Aires — sugeri.

Ele apoiara o gravador sobre a mesa e começara a arrumar as ferramentas sobre o painel de cortiça para que coincidissem exatamente com as silhuetas desenhadas. Fora, as árvores se moviam, modificando a luz, e minha cabeça pulava de uma coisa para outra, tentando decidir o que fazer: podia sentar-me no estrado, fazer alguma pergunta sobre as ferramentas, sobre a viagem dele a Santiago; olhava o gravador em cima da mesa como se fosse encontrar nele a inspiração para dizer alguma coisa.

— Não quer se sentar? — ele perguntou, e me sentei em uma ponta do estrado como quem obedece a uma ordem.

Ele girou a cadeira para que ficássemos de frente um para o outro e apoiou os cotovelos sobre os joelhos, inclinando-se para a frente, e coçou a cabeça, algo que fazia quando estava nervoso e que, talvez por isso mesmo, me acalmou.

— O que aconteceu entre você e Carmen? — perguntou de repente.

— Um dia eu te conto — menti.

Agradeci a Carmen em silêncio por não ter contado nada.

— Ela está querendo se casar — disse ele.

Para mim, não era fácil falar de Carmen. Eu não me sentia no direito de saber nada, de opinar sobre a vida dela.

— Sinto muita falta dela — disse, e estive a ponto de contar a ele que escrevera duas cartas para ela, mas não contei; se começasse a falar de Carmen, eu ia querer contar tudo, e sabia que Marito ia achar que o que fiz era imperdoável.

Nunca antes eu havia querido tanto estar perto de alguém, saber o que essa pessoa estava pensando. Nunca havíamos conversado muito, mas antes estar perto bastava. Agora, de repente, eu tinha uma consciência de mim mesma que não tivera até então e estava atenta demais a ele, esperando um sinal que me orientasse. Pensei em perguntar por que ele tinha ido embora daquele jeito, de repente, mas também não era possível. Mais de um ano se passara. Teria se esquecido de nosso encontro na água? Talvez para ele não tivesse significado nada.

— Ela e o Emil estão indo aos bairros pobres. Dão apoio escolar às crianças e ajudam as pessoas.

Disse assim, as pessoas, e por um estranho momento senti que fazia parte de outro mundo, um mundo que não era de pessoas.

— Que bonito fazer isso — disse, e me lembrei de quando Carmen e eu distribuíamos cervejas durante o corte de juncos.

Em cima da pilha de livros vi um cartão-postal com a foto de uma encruzilhada. Peguei o cartão e o virei. Em letra de fôrma, irregular, estava escrito "Feliz Natal"; quem assinava era seu primo Caco. Ele me falara muitas vezes de Caco; quando voltava de Santiago, sempre trazia histórias das aventuras dos dois, e mais de uma vez me contara das viagens e das grandes coisas que fariam quando crescessem.

O que é feito do Caco? — perguntei.

Ele demorou a responder. Imagino que procurasse um jeito de dizer o que ia dizer.

— Morreu.

Certos fatos não podem ser amortecidos com palavras. Vejo-me como se me visse do lado de fora, ali sentada com o postal na mão e a sensação de que agora ele pesava uma tonelada e sem saber o que fazer com ele nem com o que Marito acabava de me contar. O que poderia dizer? Li de novo o "Feliz Natal" e olhei outra vez a encruzilhada. Um segundo deve ter se passado antes que eu me levantasse e fosse abraçá-lo, mas agora parece que se passou um século. Ele se deixou abraçar, se endireitou na cadeira, seu corpo parecia de madeira.

— O que aconteceu? — perguntei.

— Morreu de Chagas.

Era a primeira vez que eu ouvia essa palavra e senti vergonha de não saber do que se tratava. Ele deve ter percebido em meu rosto.

— É uma doença de pobres — acrescentou.

Fiquei esperando que ele dissesse mais alguma coisa, mas ficou calado e voltei para o estrado e peguei o postal porque não sabia mais o que fazer.

A sineta de casa que mamãe usava para avisar que o almoço estava pronto rompeu o silêncio.

— Não quer vir almoçar? — convidei.

Ele fez que não com a cabeça.

— Coitadinho — eu disse.

Era a palavra mais horrível que eu poderia dizer naquele momento e tive vontade de chorar simplesmente por havê-la dito, por me sentir tão desajeitada, por não poder fazer nada, porque Marito tinha voltado e agora parecia mais longe do que nunca.

— Tenho que ir — falei. — Volto à tarde?

Ele havia se levantado, estávamos frente a frente. Minha sensação era de que nunca mais seria capaz de me mover se ele estivesse ali. A gente se olhava nos olhos e tive a impressão de que o corpo dele, depois seu rosto, desapareciam; só ficavam os olhos, e eu viajava para dentro deles para um espaço imenso. E senti que o mesmo acontecia com ele, como se estivéssemos nos encontrando no fundo dos nossos olhares e não precisássemos mais falar. Não sei se foi ele quem se aproximou ou se fui eu. De repente eu estava tocando sua cicatriz com a ponta dos dedos. Senti a minúscula fenda na borda dos seus lábios. Depois, não sei quanto tempo depois, estávamos nos beijando.

2

A doença de Chagas ou tripanossomíase cruzi humana é uma doença parasitária produzida pelo protozoário flagelado Trypanosoma cruzi, *hematófilo que se reproduz nos tecidos por divisão binária, múltipla e progressiva.*

É transmitida pela picada de um inseto hematófago vulgarmente conhecido pelo nome de "barbeiro".

O corpo do barbeiro é formado por três regiões: cabeça, tórax e abdome. A cabeça é alongada, fusiforme na maioria das espécies. Ele possui um par de olhos redondos e salientes, um par de olhos menores e um par de antenas, receptoras de sentidos. Na parte ventral do tórax se inserem as patas, que são longas e finas. Grande parte do dorso do abdome é coberta por asas. Ficam descobertas as laterais do abdome com manchas transversais claras, característica muito importante para identificar os barbeiros.

O inseto se refugia principalmente nas rachaduras do chão e nas paredes de adobe das choupanas, entre a palha do teto e atrás de móveis e objetos. Nas casas, é relativamente fácil identificar a presença do barbeiro por meio de seus dejetos, de cor pardo-amarelada e preta, que mancham as paredes como se fossem gotas de tinta nanquim.

Eu estava lendo deitada em minha cama antes de dormir. Apoiei o livro aberto sobre o peito e comecei a olhar as paredes do quarto, lisas e brancas; o abajur chinês de papel as tingia de suave cor alaranjada. Dava para ouvir as vozes da televisão no quarto de meus pais e, através da janela, o murmúrio constante do tráfego. Alguém no apartamento de cima caminhava aos saltos de um lado para o outro. Me deu vontade de tomar água e fui até a cozinha. A geladeira zumbia na penumbra do fundo e a luz da rua iluminava a bancada limpa, o escorredor de pratos apoiado na parede de azulejos. Àquela hora o zelador já teria levado o saco de lixo que mamãe deixava no corredor de serviço. Toda vez que mamãe encontrava uma barata na cozinha, chamava o síndico e fazia um escândalo. No dia seguinte aparecia o homem com a mochila e o apartamento ficava com um cheiro suave mas desagradável que parecia tranquilizá-la. Tentei imaginar uma casa do tamanho da nossa cozinha, como me dissera Marito, uma casa com paredes de adobe e rachaduras, com um teto de palha cheio de ninhos de barbeiro escondidos. Voltei para o meu quarto com o copo d'água e me enfiei debaixo das cobertas. Marito me contara das noites em Santiago, dos sons da montanha e do silêncio que zumbia nos ouvidos. Contara como dormia com os primos em estrados amarrados com cordas para que coubessem todos, e como no verão levavam os estrados para fora, para debaixo das árvores, para que tomassem um pouco de ar. Também me contara que às vezes, no meio da noite, escutava os tios fazendo amor. *Nas noites mais quentes ou amenas, quando as pessoas vão dormir e apagam a luz, os barbeiros começam a sair de suas tocas; se estão no teto ou na parte alta das paredes, deixam-se cair com um baque seco, como gotas de chuva.*

Já não se escutava a televisão no quarto ao lado, mas alguém, em outro andar, ouvia música clássica. Para mamãe e papai, uma choupana era algo pitoresco; esse é o adjetivo que teriam usado. Agora acredito que a diferença entre essa visão e a de Marito marca de alguma maneira a distância que eu tive que atravessar para começar a entendê-lo.

Estava muito orgulhosa de mim mesma naquele fim de semana quando comecei a falar de Chagas. Sob a luz da lanterna de querosene, Marito consertava um liquidificador velho que trouxera de Buenos Aires e eu estava sentada no estrado e assumia ares de especialista preocupada com a questão.

— O que eu me pergunto é como é possível que não se deem conta de que estão doentes — falei em algum momento. — Se a doença faz o coração inchar não sei quantas vezes o seu tamanho, você não deve se sentir muito bem.

Marito continuou consertando o liquidificador. Não tinha dito uma única palavra desde que eu começara a falar.

— Como podem continuar trabalhando? Os que trabalham no campo, e os operários de construção... — Esperei uma vez mais que ele dissesse alguma coisa. — O livro dizia que a doença é assintomática, mas não entendo como ela pode ser assintomática. Acho que eles não deveriam fazer atividades muito cansativas.

Eu mesma me dei conta de que tinha acabado de dizer uma bobagem: as pessoas de quem estava falando não podiam escolher que trabalho fazer e meu comentário era irritante, mas Marito, que sempre me apontava essas coisas, continuou calado. Estava com as costas suadas, havia desmontado todo o liquidificador e agora se concentrava em uma pecinha que certamente era a que estava quebrada. Pensei em perguntar se o primo dele havia ficado com o olho roxo quando os barbeiros o picaram, se havia visto. Queria saber se eles sabiam que o primo podia morrer. Mas a lembrança devia ser muito dolorosa para ele. Talvez por isso estivesse tão calado.

— Eu não sabia que Chagas era uma das principais causas de mortalidade infantil — disse, tentando outra vez envolvê-lo na conversa.

Ele girou na cadeira e ficou me olhando como se estivesse decidindo se valia o esforço de falar comigo.

— Você não entende nada — falou.

Outra vez, sempre "você não entende nada", e essa minha ignorância que ele jogava em cima de mim como um monte de terra.

— O que é que eu não entendo?

— No seu mundo não acontecem essas coisas. Meu primo morreu porque foi picado por um inseto que morava no teto da casa dele — estava com o parafuso na mão como se não soubesse o que fazer com ele. — Os que poderiam fazer alguma coisa para que isso não acontecesse se dedicam a escrever estatísticas, livros idiotas que falam sobre mortalidade infantil... — Deu-me as costas novamente e escolheu um parafuso.

Tentei entender o que ele estava dizendo, mas de novo o que me importava era ele me dar as costas, estar tão irritado comigo que eu nem sequer podia me levantar e ir abraçá-lo, e me sentia ridícula por estar ofendida e tudo era um mal-entendido.

— Lembra de quando Lucio era bebê? — perguntou Marito.

Claro que eu me lembrava.

— Agora imagine como você teria se sentido sabendo que ele corria perigo de morrer todos os dias por coisas bobas, por um inseto que havia na casa ou porque a gente não sabia como cuidar dele; se não soubéssemos, por exemplo, que no verão é preciso dar muita água aos bebês porque senão eles morrem desidratados. Coisas assim.

Lembrei-me de quando o rio tinha subido e Lucio quase se afogara.

— Não sei o que teríamos feito se ele tivesse se afogado aquela vez.

Marito soltou o que tinha nas mãos e ficou muito quieto. Sua sombra dançava sobre o painel de cortiça e as silhuetas vazias das ferramentas que ele estava usando se alargavam e se deformavam diante dele.

— Assim todos os dias, o tempo todo. Ninguém entende nada. Leem mortalidade infantil e não pensam nos próprios filhos mortos. Esse é o problema. As coisas só acontecem com os outros.

Era como se ele não estivesse falando comigo. Levantei e o abracei por trás. Não sabia que outra coisa fazer. Não sabia por que ele estava tão irritado comigo. Eu não havia feito nada.

— Por que você está bravo comigo? — perguntei.

A porta se abriu de repente e o Tordo entrou na oficina. Ficou parado um instante, olhando para nós como se tivesse acabado de encontrar seu pior inimigo.

— Vá pra sua casa — disse para mim.

Eu tinha me afastado e Marito se levantara de um salto; nós dois estávamos de frente para o Tordo, que me mostrou a porta com um movimento da cabeça. Olhei para Marito, mas ele estava com os olhos fixos no tio.

— Por que ela não pode ficar? — perguntou.

— Ela não tem nada a fazer aqui.

E então Marito me olhou. Era impossível saber no que pensava, mas apoiou a mão em minhas costas e me empurrou suavemente para que eu fosse embora.

O Tordo tinha uns papéis na mão e antes que eu saísse sacudiu-os na frente de Marito.

— Em que merda você anda se metendo?

Saí da oficina e fiquei do lado de fora, escondida na escuridão. Podia ouvir as vozes, o tom indignado do Tordo.

Marito disse alguma coisa em voz muito baixa; só escutei palavras soltas que não consegui conectar.

— E ainda anda com essa garota — disse o Tordo. — Você não percebe que uma coisa não combina com a outra?

Marito não respondeu.

Percebi que estava gelada. Meus dentes haviam começado a bater e o sereno molhava minha roupa e meu cabelo.

O tom do Tordo ficou suplicante.

— Sai dessa, menino — disse ele. — Já falei para a sua irmã. Vocês são crianças. Não se metam nessas coisas.

— Não sou criança — disse Marito.

Quando eles saíram da oficina, me escondi no escuro entre as folhas de taioba. Vi-os passar a poucos metros, rostos e parte dos torsos iluminados pela luz da lanterna de querosene.

— Deixe de besteira com essa menina — disse o Tordo.

Afastaram-se na direção da casa, mas antes que desaparecessem na escuridão, ainda deu para ouvir outra coisa.

— Ela é impossível pra você — disse o Tordo.

3

No dia seguinte, a húngara voltou. Eu estava no deque com uma caneca de café. Eu me sentia sem coragem de ir até a casa de dona Ángela ao encontro de Marito e esperava que ele aparecesse no deque ou viesse me procurar. Os fatos da véspera giravam na minha cabeça. Eu me perguntava como íamos fazer para continuar juntos, onde nos encontraríamos se o Tordo não quisesse que a gente se visse. Por momentos eu tinha certeza de que conseguiríamos superar qualquer obstáculo e havia momentos em que a ideia de que não pudéssemos ficar juntos me desesperava.

De costas para mim, em seu deque, o Tordo tomava mate e desembaraçava linhas de pesca. Vi quando ele se virou para a entrada do canal e um instante depois ouvi um motor. Era o barco da húngara. O Tordo continuou ocupado com suas linhas, mas seu corpo se enrijecera e eu sabia que ele queria se virar, que estava só fingindo continuar sua tarefa.

A húngara passou em frente à ilha sem cumprimentar. Estava em pé ao timão com as pernas um pouco abertas e o olhar fixo à frente. Ao seu lado havia um homem. Um dos braços dele a enlaçava pela cintura, fumava um cigarro. De longe era parecido com o pai da húngara na foto das pombas. Algo no corte de cabelo ou no queixo, talvez a postura. Achei antipático. Quando eles se afastaram, o Tordo se levantou e foi para casa. Pouco depois, ouvi a serra elétrica no fundo do terreno. As linhas tinham ficado sobre o banco e o sol passava através do emaranhado de fios, criando uma bolha de luz.

Quando Marito apareceu, às onze da manhã, Chico havia partido na coletiva e papai e mamãe tinham saído com a lancha para fazer compras no armazém. O barulho da serra elétrica não parara a manhã toda e se ouviam os galhos caindo, um depois do outro, como se o Tordo estivesse decidido a desmanchar o fundo do terreno até deixá-lo desolado como um deserto.

— Você viu a húngara? — perguntou Marito, sentando-se ao meu lado.

Olhou em direção à minha casa e roçou meu braço com uma carícia.

— Papai e mamãe não estão — eu disse. — Sim, vi.

— Casou com um milico — contou Marito.

Virulana dera a notícia a eles havia um mês, mas o Tordo se recusara a acreditar. Ficara tão transtornado que para acalmá-lo fora preciso um esforço de todos. Eu conhecia o caso da húngara e do Tordo pelas histórias que meu pai contava e por algumas coisas que Carmen me dissera, mas ninguém nunca me falara sobre o caso do jeito que Marito me falou naquela manhã. Por anos a fio, além de ver a húngara nos fins de semana, o Tordo viajara até Buenos Aires para encontrá-la. Sempre voltava desses encontros com uma mala cheia de livros. Lera todos. Agora, disse Marito, mantinha os livros à sua volta como uma fortaleza, fizera as paredes dos quartos com eles. Não contei a ele que havia visto os livros.

— Durante toda a nossa infância ele lia para nós — contou Marito. — Sentava-se na cozinha à noite, depois do jantar, e lia para nós. Às vezes até recitava poemas inteiros de cabeça. Carmen ia dormir e eu lutava contra o sono até não aguentar mais e acabava dormindo ali, no banco da cozinha.

De acordo com Marito, o Tordo podia ter se mudado para Buenos Aires e trabalhado no que quisesse, mas jamais conseguira viver longe da ilha. “Longe do rio”, dizia ele. Em 1962 se mudara para um apartamento emprestado pela húngara e arrumara um emprego.

— Em algum lugar tem uma foto dele de terno e gravata, a coisa mais bizarra que você pode imaginar — disse Marito. — Mas, sei lá, não durou nem um mês. E depois ela o deixou. Foi a primeira vez que o deixou.

Contei que Carmen e eu tínhamos visto os dois fazendo amor.

— Ela é a melhor e a pior coisa que aconteceu na vida do tio — disse Marito.

Muitas vezes, depois disso, pensei nessa frase. Como se medem essas coisas? Se alguém nos faz feliz e depois conhecemos o pior sofrimento do mundo por causa dessa mesma pessoa, como tirar uma conclusão definitiva sobre algo que nos leva do céu ao inferno? A vida continua, é impossível saber como ela teria sido se tivéssemos aberto outras portas, se não tivéssemos nos apaixonado pela pessoa por quem nos apaixonamos. Naquele dia pensei se alguma vez Marito diria algo assim de mim, se naquele momento ele se perguntava a mesma coisa. Hoje, lembrar dessa pergunta demonstra quão inúteis e absurdos são nossos pensamentos sobre o futuro. Segurei a mão dele.

— Quero ser a melhor coisa que aconteça na sua vida.

Ele entrelaçou os dedos nos meus.

Eu queria perguntar o que ele andava fazendo e por que seu tio dizia que não podia andar comigo, mas não queria contar que havia ouvido a conversa deles.

O Tordo apareceu na margem com uma pilha de troncos nos braços. Andava inclinado para trás e os troncos tapavam seu rosto. Subiu no bote que estava amarrado à margem e acomodou os troncos na popa. Fez várias viagens. O bote ia afundando pelo peso, e, quando só restava uma faixa acima da superfície da água, soltou a corda, subiu no pequeno espaço que deixara no meio e acomodou os remos. Tinha visto a gente, mas não disse nada.

Marito se levantou e desceu os degraus do deque.

— Está carregado demais, tio! — gritou.

O Tordo não respondeu e se afastou remando rio abaixo.

— Aonde ele vai? — perguntei.

Marito parecia não saber o que fazer. Subia alguns degraus e voltava a descer, sempre olhando para o tio.

— Se a coletiva passar, ele afunda. Está louco — disse.

O Tordo ia se afastando. Mal dava para ver um pedaço de seu gorro de lã por cima dos troncos, os remos nas laterais e uma faixa estreita do bote.

Marito bateu com a mão aberta no parapeito do deque, subiu os degraus sem desviar o olhar do tio e saiu correndo pela margem atrás dele. Fui atrás.

— Fique em casa — disse ele quando viu que eu estava atravessando a pontezinha para segui-lo.

Não lhe dei ouvidos.

Passando a propriedade de dona Ángela, o rio fazia uma curva e havia um terreno de uma casa abandonada que pertencera a um clube de pescadores. O que um dia fora o jardim estava agora tomado por capim-dos-pampas e tocos de árvores; as plantas crescidas dificultavam a passagem e em alguns lugares o terreno estava enlameado. Através das árvores da margem víamos o bote avançando. Meus tênis afundavam na lama e a calça molhada grudava nos meus tornozelos. Marito avançava a grandes passadas. Saltou a valeta que atravessava o final do terreno. Eu acabara de saltar também quando ouvimos o motor de uma lancha. Marito correu até a margem.

— Merda — disse e pulou na água.

Avançou com água pela cintura, tirou o blusão e começou a sacudi-lo de um lado para o outro como uma bandeira.

— Mais devagar! — gritava.

Eu corri pela margem até um deque quebrado e comecei a pular agitando os braços. Na cabine do iate, um homem de jaqueta azul e gorro parecia não ter visto o bote. Marito continuava gritando. O iate passou por nós. Na popa havia duas mulheres sentadas diante de uma mesa com bebidas. As mulheres, com grandes óculos escuros, tomavam sol. Uma delas viu Marito e pareceu gritar alguma coisa para o homem. Sei que o homem nos viu. Olhou para Marito e depois para mim. Não reduziu a velocidade. Quando passou ao lado do bote, a esteira da embarcação — uma onda enorme — atingiu a lateral do bote e o virou.

O Tordo caiu na água. As pilhas de troncos se desmantelaram e caíram na água; afundavam por um momento, voltavam à superfície e ficavam flutuando em volta do bote virado. Só então o homem reduziu. As mulheres da popa haviam se levantado e nos observavam. O Tordo subiu para a superfície e passou os braços pelo casco do bote. Ficou assim, muito quieto. O bote seguia à deriva, virado, rodeado de troncos, com o Tordo abraçado ao casco enquanto as mulheres e o homem olhavam a cena como se estivessem assistindo a um filme. Marito saiu da água e correu pela margem até estar na mesma altura que o tio. Corri atrás dele. O homem gritou alguma coisa e uma das mulheres jogou um salva-vidas laranja que de todo modo estava amarrado à popa e seguiu atrás do barco, na esteira; um salva-vidas inútil que o Tordo nem sequer pareceu ver.

O terreno terminava num riacho largo demais para cruzar a pé. Marito e eu ficamos parados ali.

O iate detivera a marcha, mas continuava avançando com a força da corrente e o homem parecia não atinar com alguma solução.

— Volte, filho da puta — gritou Marito.

O Tordo continuava imóvel, com o rosto apoiado no casco do bote.

Ficamos assim, sem saber o que fazer, até Virulana aparecer com a lancha-armazém e se aproximar a toda a velocidade que seu motorzinho permitia. Emparelhou com o bote e desligou o motor. Foi ele quem conseguiu que o Tordo reagisse. Juntos, desviraram o bote e resgataram alguns dos troncos. O iate se afastou com a correnteza, junto com o salva-vidas laranja, as mulheres e o homem de gorro.

4

Conseguir que meus pais me deixassem voltar da escola de ônibus fora uma conquista para mim. Fazia um ano que todas as tardes eu caminhava as dez quadras que me separavam do ponto da rua Maipú com uma nova sensação de liberdade, como se aquele fosse o início de uma vida muito melhor do que a que eu tinha até ali. Às vezes Lucila Atkins, que morava perto da minha casa, se oferecia para me levar. Eu quase sempre dizia que não, mas naquela tarde, meses depois de meu reencontro com Marito, aceitei. Queria chegar logo. Tinha começado um desenho da ilha e queria chegar em casa para desenhar.

Chovia. Saí da escola debaixo do guarda-chuva de Lucila, que me contava de uma briga que tivera com Antonio, não me lembro por quê. Federico, seu irmão, tinha ido buscá-la e nos fez um sinal do carro. Alguns metros atrás, vestindo uma jaqueta vermelha com capuz, parado sob a chuva, estava Marito.

Acenou para mim, sorriu para mim. Fiquei parada sem saber o que fazer. Olhava para Lucila, em seguida para Marito e não conseguia me decidir a caminhar na direção dele, como se meu corpo estivesse recebendo ordens contraditórias e o resultado fosse aquela imobilidade. Eu nunca antes tivera meus dois mundos frente a frente com tanta clareza. Fui até Marito e o abracei. Lucila e Federico haviam se refugiado debaixo do guarda-chuva e me olhavam como se eu tivesse ficado louca.

Segurei o braço de Marito e me aproximei deles.

— Este é o Marito — disse.

Federico estendeu a mão para ele e Lucila hesitou um instante antes de beijá-lo.

— Ele veio me buscar.

Estava um pouco envergonhada, como se de repente tivesse ficado nua sob o olhar de duas pessoas perigosas. Federico fez um gesto de despedida com a cabeça.

— Vamos — disse à irmã.

Tive a sensação de que eles entraram no carro ansiosos para me criticar. Não sei se pensei isso na hora ou se deduzi depois, quando aconteceu o que aconteceu, mas às vezes parece que o tempo não existia para mim, como se em determinado momento fosse capaz de sentir vagamente coisas que só tomavam forma num tempo posterior, como se um elemento do futuro se infiltrasse no presente.

— São seus amigos? — perguntou Marito enquanto caminhávamos até a Maipú para pegar o ônibus.

— Não — respondi. — Ela estuda na mesma turma que eu, mas não é minha amiga. Ele é o franjudo que Carmen imitava quando eu estava triste porque ninguém me tirava para dançar, lembra?

Marito parou e me abraçou; nos beijamos.

— Você está encharcada — disse. Tirou a jaqueta e nós dois nos enfiamos debaixo.

Continuamos nos beijando. A chuva batia em nosso guarda-chuva improvisado e os carros passavam pela rua sibilando, como se fossem répteis gigantes.

Uma hora mais tarde nos sentamos a uma mesa no La Giralda, na rua Corrientes. Liguei para casa e menti. Disse que estava com uma amiga nova, inventei um nome para que mamãe não tivesse o telefone e desliguei antes de ela ter tempo de perguntar mais alguma coisa, com a desculpa de que a mãe de minha amiga precisava usar o telefone. Uma mulher de cabelo muito curto se apoiou na parede e ficou me olhando enquanto fumava. Senti que caçoava de mim. Marito escolhera uma mesa junto à janela e me sentei de frente para ele. A rua Corrientes estava cheia de gente. As pessoas corriam sob a chuva, batiam umas nas outras, se esquivavam, se amontoavam debaixo das marquises para se proteger da chuva. As cores dos ônibus brilhavam à luz dos letreiros dos teatros, havia muito barulho, uma mistura confusa de vozes e gritos e buzinas e músicas que saíam sabe-se lá de onde. Eu nunca estivera num lugar tão barulhento, tão cheio de gente diferente. Senti que Marito tinha me levado pela mão até o coração de uma cidade da qual eu só conhecia um pedacinho.

Pedimos um chocolate com churros e nos demos as mãos por cima da mesa.

— Você nunca tinha vindo à rua Corrientes? — perguntou Marito quando trouxeram nosso pedido.

Eu fora algumas vezes com mamãe ao cinema Los Ángeles, mas fazia anos, e certamente não havíamos estado na rua mais que o necessário para pegar um táxi. Marito nunca tinha ido ao cinema Los Ángeles.

— Como você não conhece a rua Corrientes? — disse.

Dei de ombros.

— Você parece estrangeira em seu próprio país.

Uma gorda de suéter verde muito apertado se aproximou para pedir um cigarro. Inclinou-se sobre Marito de modo provocante enquanto ele procurava um maço no bolso da camisa.

Eu nunca o vira fumar. Ela acendeu o cigarro e soprou a fumaça sobre nós sem deixar de olhar para ele. Fedia a tabaco. Afastou--se rebolando como um gato, com o jeans molhado colado no enorme traseiro.

— Que cara de pau — eu disse.

— Por quê? — disse Marito. — Nem todo mundo tem dinheiro para comprar o que bem entende.

Acusou-me outra vez de viver em uma bolha. Disse que muita gente vivia de um jeito muito diferente daquele que eu conhecia. Eu tinha muita consciência disso, mas as freiras da escola sempre nos lembravam que precisávamos agradecer a Deus por ter nascido em casas privilegiadas e nos inculcavam desde o ensino fundamental que era mais fácil um camelo passar pelo orifício de uma agulha que um rico entrar no reino dos céus. O comentário de Marito me fez sentir outra vez que estava fora do mundo dele, como se ele e a gorda estivessem de um lado da parede e eu do outro. Agora tenho a impressão de que aquela tarde foi o princípio de uma longa conversa que ele e eu mantivemos por muito tempo, o início de um diálogo no qual eu me sentiria invariavelmente recriminada por ele.

Não creio que tenhamos passado mais de duas horas no La Giralda. Marito olhava o tempo todo pela janela, seus olhos iam e vinham de meu rosto para a porta e da porta para as mesas próximas. Eu sempre o vira na ilha, concentrado em sua pesca ou em nossas conversas, o olhar intenso e quieto, algo solto no corpo que eu admirava nele. Não reconheci aquele Marito distraído, irritado. Parecia preocupado pela presença dos demais, pela expressão facial dos que entravam e saíam do La Giralda.

Um pouco depois ele me acompanhou até o ponto de ônibus. Não nos beijamos quando nos despedimos. Da janela de trás eu o vi no ponto com sua jaqueta vermelha, suas pernas magras, seu rosto tenso, diferente. Acenou para mim, eu respondi e apoiei os lábios no vidro frio. Estava tão feliz por ele ter ido me buscar na escola, mas agora não sabia o que pensar de nós. Pela rua, gente sem guarda-chuva corria de um refúgio para outro. Nos pontos de ônibus, homens e mulheres subiam na condução com o cabelo grudado na cabeça, a lã dos blusões cheirando a umidade. Eu me perguntava se naquela noite comeriam alguma coisa, se na casa deles haveria cama seca e quente, se alguém os abraçaria e os faria sentir que a vida vale a pena. E de alguma forma era como se os visse pela primeira vez.

5

A ligação de Federico naquela quinta-feira me pegou totalmente de surpresa. Ele queria me convidar para uma festa em San Isidro no dia seguinte. Eu não estava com vontade de ir, mas ao mesmo tempo me senti lisonjeada e me ouvi aceitar o convite como se fosse a mesma de dois anos antes, aquela que passava as festas de pé, encostada na parede, desejando que Federico ou qualquer um de seus amigos se aproximasse e a tirasse para dançar.

Ele passou para me buscar no carro do pai. Lucila e Antonio iam no banco de trás e durante a viagem Federico e Antonio discutiram porque Federico não aceitara uma oferta do pai para estudar nos Estados Unidos.

— Deus dá nozes a quem não tem dentes — disse Antonio.

Federico o chamou de invejoso. Não tinha vontade de estudar, já fora difícil terminar o ensino médio; seu tio estava fazendo montes de dinheiro com uma mina e o convidara para trabalhar com ele.

— Para isso não precisa estudar. Precisa ter algo aqui — disse, tocando a têmpora.

Antonio não concordava. Ganhar dinheiro assim, para ele, era o mesmo que apostar num cassino, e era ilegal.

— E daí, se é ilegal? — disse Federico. — É o único jeito de ganhar grana neste país.

Perguntaram-me o que ia estudar.

— Letras — respondi.

— Filosofia e letras — corrigiu Federico.

— Não. Letras. A faculdade é de filosofia e letras, mas são dois cursos separados.

— E vai começar pelo "A"? — zombou Federico.

Riu, como se tivesse acabado de contar a piada mais engraçada do mundo.

Dirigia depressa. Na altura da Acassusso começou a passar os sinais vermelhos. Eu, que me arrependera de ir no minuto em que desliguei o telefone, comecei a desejar que a noite passasse o mais depressa possível.

A festa era numa casa à beira do rio. Uma grande janela dava para o barranco e ao longe se viam as luzinhas das boias e de algumas chalanas. Havia muita gente reunida em grupos com copos de vinho na mão, sentados nos sofás; alguns conversavam numa varanda do outro lado da janela. A música soava forte, e na sala de jantar, separada da sala de estar por portas corrediças, havia uma grande mesa com travessas com frios, pães de diferentes formatos e molhos para fazer sanduíches. Em outra mesa longa, contra a parede, garrafas de vinho e baldes de gelo com cerveja. A dona da casa era uma menina magra e pálida, muito maquiada, que estudava direito com Antonio. Veio nos receber pendurada no braço de um namorado que pôs a mão na minha nuca quando me cumprimentou.

— Isto é uma festa de verdade — disse Lucila enquanto preparava um sanduíche. — As nossas, perto desta, parecem de jardim de infância.

Era verdade que todos eram mais velhos que nós e que, mesmo eu tendo deixado de frequentar as festas que minhas colegas organizavam, aquela tinha um ar mais relaxado e mais livre do que as de que eu me lembrava. Federico me ofereceu um copo de vinho e aceitei. Nunca tinha bebido numa festa.

Quando terminei o copo, as vozes tinham aumentado de volume e, na frente de uma estante com livros encadernados em couro e porta-retratos de prata com fotos de família, um grupo de convidados começara a dançar.

Antonio nos chamou para dançar e Federico encheu meu copo outra vez. Eu não queria beber mais. Quando nos aproximamos da estante, apoiei o copo numa prateleira. Pela primeira vez ia acompanhada a uma festa e só conseguia pensar em Marito. Tinha a impressão de que nunca sentira tanto a sua falta. Dançava sem vontade e tentava disfarçar meu desconforto, mas não conseguia sorrir para Federico quando ele se aproximava e abria os braços na minha frente; não me sentia capaz de entrar no jogo. Ao nosso lado, Antonio e Lucila faziam passinhos engraçados, imitavam John Travolta com o braço esticado à frente e nos apontavam o indicador, rindo. Tomei mais vinho para ver se conseguia me soltar, juntar-me a eles. Federico não parava de me olhar e eu imaginava que estaria pensando que eu era sem graça, que todos estavam certos em nunca me tirar para dançar.

— Vamos dar uma volta no jardim — ele disse de repente.

Segui-o sem entusiasmo. Sentia o corpo muito leve, como se meus pés estivessem se apoiando em terreno movediço. Minha cabeça estava pesada. Quando Federico me pegou pela mão para me guiar entre os convidados eu quis me soltar, mas não cheguei a fazer isso. Ele me levou até a borda do barranco e sentou-se apoiado no tronco de um liquidâmbar iluminado de baixo para cima. As folhas deixavam passar a luz com um brilho avermelhado. Puxou meu braço e senti que caí a seu lado com um baque surdo. Passou o braço por trás de minhas costas e me puxou para junto de si.

— Não — falei.

Minha voz ficou reverberando no ar.

— Não o quê? — perguntou ele.

Insistiu. Tentei levantar, mas ele me obrigou a ficar sentada.

— Não o quê? — perguntou de novo, e tentou me beijar.

Seu hálito cheirava a vinho e seu rosto, tão de perto, me pareceu desagradável, como se de repente as sombras o tivessem transformado numa máscara. Afastei-me e ele voltou a se aproximar. Soltei-me com violência e, dessa vez, consegui levantar.

— Vai dizer não pra mim?

Corri até a casa. Não sabia o que fazer, queria ir embora, mas não conseguia pensar como. Ele me seguiu.

A sala estava cheia de gente. Tinham apagado as luzes e um brilho azulado iluminava os casais na pista improvisada. Lucila e Antonio dançavam muito próximos e se beijavam. Aproximei-me deles e fiquei parada ali, sem saber o que dizer. Federico também se aproximou.

— Vou levar esta daqui em casa — disse, quase gritando.

Lucila e Antonio pararam de dançar e nos olharam espantados.

— Parece que sua amiga só gosta de pobretões — disse Federico.

Eu teria gostado de reagir de alguma forma, de insultá-lo; fui atrás dele em silêncio. Toda a minha energia estava direcionada a não me desarmar. Não queria entrar no carro com ele, mas nunca antes estivera numa situação assim. Não tinha dinheiro para um táxi, não conhecia ninguém. Ligar para meus pais não era uma possibilidade.

No carro íamos em silêncio. Eu olhava de esguelha o perfil de Federico, suas mandíbulas apertadas e o olhar fixo à frente. As calçadas estavam desertas e por trás das janelas escuras imaginei com inveja as pessoas dormindo na cama delas. Tentava não me mexer, não fazer nenhum barulho, como se pudesse desaparecer até chegar em casa. Quando chegamos à avenida do Libertador, Federico pisou fundo no acelerador. Na altura de Beccar, uma viatura nos parou. Iluminaram nosso rosto de fora do carro com uma lanterna muito forte e nos fizeram descer. Gritavam. Um policial empurrou Federico contra o carro e o outro fez o mesmo comigo. Obrigaram-nos a pôr as mãos no capô. O policial que estava atrás de mim me prensou contra o carro com o corpo. Senti suas mãos me tocando, descendo até minha cintura, meus quadris, baixando pelas pernas, voltando a subir. Ele me tocava com as palmas das mãos abertas. Federico dizia alguma coisa sobre o pai — que o pai tinha um cargo no Ministério da Economia — e o policial me tocou entre as pernas com a mão quente. Seu rosto se aproximou de mim por trás, sorrindo.

— Está molhada, putinha? — sussurrou em meu ouvido.

Ele havia me encurralado de encontro ao carro. Eu podia ver Federico do outro lado, de cabeça baixa, o cabelo loiro, as mãos sobre o teto do carro.

— Espere — gritava. — Me deixe ligar pro meu pai.

— Quer ligar para o pai? — respondeu o policial. — Ele não tem documentos e quer ligar pro papaizinho — disse para o que estava comigo.

Eu, sim, tinha documentos, mas eles disseram que iam nos levar para a delegacia para fazer a checagem dos antecedentes. Tentei levantar a cabeça, mas o policial empurrou-a com força e bateu minha testa contra a lateral do carro.

— Fique quieta — disse.

Minhas pernas tremiam e eu estava com vontade de vomitar. Os carros passavam pela avenida. Pude ver-nos de fora, como se estivesse passando em um daqueles carros. Um casalzinho detido: o que teríamos feito para que nos tratassem assim, para que nos mantivessem contra o carro de pernas abertas, a luz vermelha da viatura, intermitente, varrendo nosso corpo encurralado, a cabeça baixa, o rosto dos policiais. Ninguém parava para perguntar. Ninguém queria se meter.

Não sei de onde saiu o terceiro policial. Ele devia ter estado ali o tempo todo, mas eu não o vira. Tinha um rádio, e uma voz entrecortada dizia alguma coisa que não ouvi.

— Deixem eles — disse o terceiro policial. — Temos que ir até La Lucila.

O policial que estava ao meu lado me agarrou pela nuca e me obrigou a levantar a cabeça.

Depois foram embora.

6

Nunca pensei que algum dia quereria tanto que minha mãe acordasse e viesse me perguntar como tinha sido a festa. Eu havia ficado parada na frente da porta do quarto dela e de repente voltou a vontade de vomitar. Agora estava sentada sobre a tampa do vaso sanitário, com um gosto ácido na boca, atenta a qualquer barulho. Acho que não seria capaz de contar à minha mãe o que acontecera, mas a imaginava abrindo a porta, com seu roupão rosa e o suave perfume que emanava dela logo depois de levantar, e pensei que era o que mais precisava no mundo. Escovei os dentes, tomei um banho e comecei a chorar enquanto a água quente descia por meu rosto, por meu corpo, me limpava, me devolvia o calor. Continuei chorando na cama. Eram três da manhã e o apartamento estava escuro e silencioso. Quando enfim adormeci, os pássaros já tinham começado a cantar.

Horas depois, acordei com o barulho da chuva. Escutei mamãe preparando o café da manhã, mas não quis levantar. Quando chovia não íamos à ilha, e de repente me pareceu que não tinha nenhuma razão para levantar, que podia ficar na cama para sempre, de rosto virado para a parede e a vida em branco. Tinha certeza, além disso, de que nunca mais conseguiria olhar Marito nos olhos, que a noite anterior me separara dele, me deixara marcas impossíveis de esconder.

Mamãe bateu na porta perto do meio-dia para me convidar para almoçar fora com eles. Falei que estava sem fome e que preferia ficar. Estava pensando que a única pessoa a quem poderia contar o que acontecera era Carmen. Ela teria encontrado um jeito de fazer com que as coisas não parecessem tão ruins. Sempre conseguia. De repente, perdê-la era a coisa mais triste que tinha acontecido em toda a minha vida. Quando papai e mamãe voltaram do almoço, eu estava na frente da televisão; eles começaram a me contar que no restaurante haviam encontrado uma amiga que não viam fazia anos. Estavam contentes, entusiasmados com a amiga reencontrada. Não perceberam nada e eu entendi que há coisas que carregamos dentro de nós e ninguém pode ver, e que essa é a verdadeira solidão, calar-se e não encontrar consolo em ninguém, nem sequer procurá-lo, como se o silêncio fosse o destino das coisas que mais doem.

Depois, jamais contei a alguém o que acontecera naquela noite. Durante todo o fim de semana seguinte tive vontade, em alguns momentos, de falar a respeito com Marito, mas tinha medo. Não podia contar-lhe que tinha saído com Federico e muito menos que não reagira quando o insultaram — a ele, Marito. Toda a minha atitude me parecia imperdoável; tinha certeza de que ele me recriminaria com dureza. Marito pareceu perceber que algo não estava bem, porque comentou várias vezes que eu parecia estranha, e no sábado à tarde me pediu desculpas pelo jeito como me tratara no La Giralda. Disse que às vezes se irritava e não sabia bem por quê, que sabia que eu não era como as outras pessoas que não se importam com os outros. Eu o ouvia e tinha vontade de chorar, mas não conseguia pôr em palavras o que estava acontecendo comigo. Queria dizer que nossa discussão no La Giralda não tinha nada a ver com meu estado de ânimo, mas de repente não tinha tanta certeza. As cenas da noite de sexta-feira continuavam girando na minha cabeça e toda vez que Marito me fazia um carinho ou me beijava eu sentia que não merecia, que o havia traído. A paisagem ficara cinza e fazia frio, mas o céu estava muito azul; o próprio ar parecia de vidro, tão cristalino e gelado que dava a sensação de estar prestes a quebrar.

O Tordo não estava. Marito me disse que talvez ele tivesse ido acampar uns dias no interior do Durazno, em umas serrarias abandonadas. Não era a primeira vez que desaparecia. E dona Ángela não se incomodava com nosso namoro. No sábado ao meio-dia ajudei-a a preparar um ensopado de lentilha e almoçamos os três na cozinha. Bartolo deitou-se embaixo da mesa e apoiou a cabeça nos meus pés. Ocorreu-me que ele era o único que sabia tudo o que eu sentia, que não precisava me entender para estar ali, incondicionalmente. A ele, sim, eu poderia contar tudo.

De tardezinha, quando voltei para casa, mamãe e papai me esperavam sentados na sala.

— Você não acha que está passando tempo demais com esse rapaz? — disse papai.

— Com que rapaz? — perguntei.

— Com Marito, Alma — respondeu mamãe. — Vocês não são mais crianças e Carmen não está.

Pareceu que ia continuar, mas olhou para papai como se precisasse de ajuda para encontrar as palavras.

— Não nos parece muito adequado que passe tanto tempo com ele — disse papai.

— Por quê? — perguntei.

Aproximei-me da lareira e ajeitei as achas de madeira com o atiçador. O fogo soltou uma chuva de faíscas. Assim, de costas para eles, era mais fácil juntar forças para responder, mas eles não disseram mais nada. Ouvi o tilintar dos cubos de gelo no copo de uísque de papai.

— Marito é meu melhor amigo.

Mamãe se mexeu no sofá. Nesse tipo de conversa ela não falava muito, olhava para papai. Mas eu sempre sentia que era ela quem estava por trás das palavras dele, como um ventríloquo, como se tivessem ensaiado o que queriam me dizer.

— Marito e você são muito diferentes — disse papai.

— Eu não acho — respondi. — Marito tem muito mais em comum comigo que todos os rapazes de Buenos Aires.

Mamãe suspirou.

— De qualquer forma, não entendo por que se preocupam tanto com o fato de eu ter um amigo — continuei. — O que vocês querem? Que eu passe a vida sozinha?

Sabia que era um bom argumento. Minha solidão os preocupava. Já os ouvira comentar que talvez o hábito de ir à ilha todos os fins de semana não tivesse sido bom para mim. Talvez eu devesse começar a convidar amigas para a ilha, disseram. Eu sempre tinha andado com os vizinhos, mas agora as coisas eram diferentes.

— Não tenho amigas — respondi.

E me dei conta de que era verdade o que acabara de dizer. Meus únicos amigos pra valer haviam sido Carmen e Marito.

— Talvez você devesse fazer algo a respeito — insistiu mamãe.

Fazer algo a respeito: como se fosse possível escolher a quem amar.

— Estou bem assim — respondi. De repente me senti muito sozinha.

— Se dizemos essas coisas é para o seu bem — disse papai.

Agachei-me em frente ao fogo e pus mais uma acha de lenha. Novamente, as faíscas voaram para todos os lados.

— Não se preocupem.

Teria gostado de falar com eles a respeito de tudo o que estava acontecendo comigo, mas sabia que não entenderiam.

— O aquecedor do corredor precisa de querosene — falei.

E fui buscar o galão no quartinho do motor antes que pudessem dizer mais alguma coisa.

7

Nunca antes eu precisara mentir para meus pais, mas a partir dali me dei conta de que não podia esperar que eles apoiassem minha relação com Marito, e minha vida se fragmentou: comecei a viver em compartimentos isolados. De um lado havia a escola e as atividades relacionadas aos estudos, de outro meus fins de semana com Marito, e de outro, também diferente, meus encontros com ele na cidade. Nossos encontros em Buenos Aires eram difíceis, tensos. Às vezes ele ia me buscar na escola ou nos encontrávamos em algum lugar e, apesar da alegria de nos vermos, terminávamos brigando por alguma bobagem. A tarde no La Giralda parecia se repetir: eu me sentia recriminada, deixada de lado; Marito dizia que eu não tinha nenhum contato com a realidade e dava a entender que ele sim, tinha, que estava fazendo coisas importantes, arriscando-se por um sonho, e depois, quando eu pedia que me falasse das coisas que fazia, dizia que era melhor não me contar, e eu ficava de novo do outro lado da parede. Muitas vezes eu acabava achando que meus pais e o Tordo tinham razão, que nossos mundos não podiam se juntar, mas bastava chegar à ilha e ver Marito no deque para que todas as minhas dúvidas desaparecessem. Na ilha sempre retomávamos um jeito de estar juntos que vinha desde a infância. Parecia que dava para resolver toda diferença que tivéssemos, todo desencontro, com pedra, papel, tesoura, nossas mãos escondidas por um momento montando a figura que nos libertaria de qualquer discussão. Conversávamos sobre mil coisas, planejávamos viagens, saíamos para remar pelos riachos e acendíamos fogueiras na ilha do meio. Ríamos muito. E gostávamos um do outro. Nossos beijos, o jeito como nos procurávamos com o corpo, tinham uma força que apagava toda diferença. Marito começou a me ensinar a tocar violão e escrevíamos letras de músicas e poemas; ele me dava livros para ler e graças a ele conheci Miguel Hernández e Lorca e Nâzim Hikmet. Na escola, as meninas ouviam James Taylor, Crosby, Stills, Nash & Young, America e David Gates. Com Marito conheci Spinetta, Charly García, Violeta Parra, Los Olimareños. Ele me fazia escutar as letras das canções e me falava de uma realidade que, nesses momentos, chamava "nossa". Eu então mentia para ele para não me sentir sozinha. Não podia admitir que para mim não havia uma realidade "nossa" que não fossem aqueles dias na ilha, os beijos, o ar frio e úmido de sua oficina, as caminhadas pela orla, o cheiro metálico do barro, seu rosto e sua boca e seu corpo, e também aqueles segredos que ele tinha, mesmo que não quisesse me falar sobre eles. Mas a seu lado eu me sentia desorientada ou fora de foco. Nem sequer tinha muita certeza de realmente querer entrar na faculdade. Queria escrever, queria viajar, conhecer gente, sentir-me menos sozinha, queria que ele me amasse e que estivéssemos juntos, mas não conseguia me sentir parte de algo. Todos os demais à minha volta faziam parte de alguma coisa, de um grupo, de uma maneira de pensar que compartilhavam com outros, tinham pares, lugares aos quais pertenciam; eu estava sozinha. De todos escondia algo, porque era um amontoado de fragmentos que não se encaixavam, e em todos os lugares tinha a sensação de estar e não estar. Só num lugar eu me sentia inteira: na ilha. E porque Marito estava comigo, sabia que ele era o único que me conhecia inteira, exatamente como eu era quando não precisava mentir.

8

A irmã Francisca era a freira que dava aula de catequese na escola. Era uma mulher corpulenta, de rosto redondo e nariz gordo cheio de veinhas que deixavam seu rosto vermelho quando ficava brava. Desde o fundamental, todos os anos ela nos contava a história de Adão e Eva. Era obcecada pelo pecado original. Fora mudando suas técnicas de narração e se adaptando a nossas idades, mas sempre insistia nisto: em como Deus criara a árvore do bem e do mal e proibira Adão e Eva de comer de seus frutos; em como a serpente tentara Eva, e Eva a Adão, para que comessem a maçã proibida. Na segunda série, irmã Francisca pendurara no quadro-negro uma pintura dos dois sendo expulsos por Deus do paraíso. Ainda lembro o mal-estar que me causou aquela imagem de Adão e Eva agachados, tapando-se porque de repente sentiam vergonha de estar nus. Olhavam, atrás deles, Deus, que os apontava com o dedo, furioso, e fugiam d'Ele aterrorizados com todos os castigos que teriam que sofrer por haver pecado.

Uma vez lhe perguntei por que Deus, se sabia que eles iam pecar, deixara que o fizessem. Eu não tinha gostado nada daquele Deus indignado. Achava muito cruel o que ele fizera. Imaginava-o escondido atrás de uns arbustos esperando para sair e apontar o dedo, fazendo-se de decepcionado quando sabia desde o início que as coisas dariam errado. Já no secundário eu fizera um comentário que me rendera a inimizade eterna de irmã Francisca.

— Acho um pouco sádico — disse em voz muito baixa, mas ela me ouviu.

Pensei que se benzeria. O nariz virou um farol.

— Deus nos fez à sua imagem e semelhança. E, para que fôssemos como Ele, tinha que dar-nos livre-arbítrio — disse, com a voz engasgada.

— E como sabemos então que Ele não pode escolher o mal? — perguntei.

Irmã Francisca me olhou como se estivesse diante do próprio demônio. Era evidente que a ideia de que Deus pudesse escolher o mal jamais estivera nem perto de passar pela cabeça dela.

A sineta do recreio a salvou.

— Vamos conversar sobre isso — disse, e pareceu que ia continuar, mas começou a juntar suas coisas, apressada, e saiu da sala abraçada a seus papéis.

— Vão matar você — disse Lucila Atkins.

As meninas à nossa volta pareceram concordar com ela.

No dia seguinte, irmã Francisca me chamou para uma conversa em particular.

— Rezei a noite inteira para que Deus lhe conceda a graça da fé — disse. — Usando a razão não se chega a Deus.

O pior de tudo é que eu nem sabia em que momento havia começado a desconfiar daquele Deus bom e misericordioso. Senti que ela estava com uma certa razão, que tentar entender tantas coisas era um defeito horrível que não me deixaria ser feliz.

Marito e eu tínhamos muitas conversas sobre religião e algumas vezes, durante aquele último ano de escola, eu chegava às aulas de catequese com os argumentos que ele me dava, muitos deles do romance *Demian*, de Hermann Hesse, que ele lia para mim em voz alta e que me deixava totalmente fascinada.

As ideias do livro me punham em pé de guerra permanente com irmã Francisca.

Uma tarde, sem aviso prévio, irmã Francisca mandou um bilhete para meus pais.

Alma está se afastando do caminho da fé, dizia o bilhete. *Seria aconselhável que falassem com ela neste momento difícil de sua vida cristã.*

Mamãe leu o bilhete em voz alta no carro na sexta-feira à tarde. Tinham passado para me buscar na saída da escola para irmos para a ilha, e ter essa conversa era a última coisa que eu queria, mas, do assento traseiro, tive que contar-lhes sobre as discussões com irmã Francisca. Papai me olhava pelo espelho retrovisor e mamãe a cada tanto se virava para trás muito irritada, depois continuava fitando à frente, balançando de leve a cabeça para os lados.

— Você deveria ler santo Tomás de Aquino — disse papai. — Vai ser muito mais eficaz que as rezas de irmã Francisca.

Mamãe dirigiu um de seus olhares fulminantes a papai.

— Não vejo graça nenhuma — ela disse.

Pela janela de trás passavam as copas das árvores a toda a velocidade e me deitei para observá-las.

— Dois loucos escaparam de um hospício em uma moto — comecei a contar. — Um disse: “Que rápido passam as árvores!”. E o outro respondeu: “Sim, na volta venho de árvore”.

— Quem está enfiando essas coisas na sua cabeça? — perguntou mamãe.

— O quê? Isso dos loucos?

Mamãe se virou para trás, furiosa.

— Não se faça de espertinha — disse.

Era verdade que muitas das minhas dúvidas eram alimentadas pelas conversas que tinha com Marito, mas a inimizade com irmã Francisca era anterior e me deu raiva que mamãe não me achasse capaz de pensar por mim mesma.

— Acho que o Deus misericordioso das aulas de catequese é uma boa desculpa para lavar as mãos e não fazer nada para mudar as injustiças do mundo — respondi.

Eram palavras de Marito, mas eu concordava com ele. De todo modo, assim que as pronunciei, me arrependi. Estávamos num sinal vermelho e papai também se virou para me olhar.

— Com quem você fala dessas coisas? — indagou.

O carro de trás buzinou para que avançássemos.

— Está verde — avisou mamãe. — Responda ao seu pai.

Passamos por baixo de um emaranhado de fios de eletricidade que se perdiam entre os galhos dos plátanos.

— Com ninguém — respondi.

— Com ninguém — repetiu mamãe. — Desde quando você acha que o mundo está cheio de injustiças?

Dizia isso como se fosse uma ideia estranhíssima, e pela primeira vez achei que Marito tinha razão quando dizia que só nos importávamos com nossa própria felicidade.

— É assim que eles começam — mamãe disse a papai, como se eu não estivesse ali deitada no banco de trás. — Primeiro querem mudar o mundo, depois terminam pondo bombas debaixo das camas.

Sentei-me.

— Não seja tão radical — disse papai, mas voltou a me olhar pelo espelho e também perguntou quem estava enfiando aquelas coisas na minha cabeça.

— Não terá sido aquela professora de educação cívica, não? — disse mamãe.

Um Ford Falcon parou no semáforo ao nosso lado. O homem que estava na janela paralela à minha olhava para a frente, mas de repente me olhou. E havia algo em seu olhar, na dureza da sua boca, que me fez sentir um medo instantâneo. Vi que dizia alguma coisa e o homem que estava ao volante se virou para me olhar. Riram. Afastei-me da janela.

— Te fiz uma pergunta — disse mamãe.

O trânsito estava parado e eu não conseguia deixar de olhar para os homens no carro ao lado, como se algo neles me fascinasse e provocasse repulsa ao mesmo tempo. O do volante abriu a janela, tirou uma sirene como a dos carros de polícia e a pôs no teto. A luz estava apagada, mas um instante depois se acendeu, e o som angustiante da sirene fez com que todos começassem a abrir espaço para deixá-los passar. O homem do banco de trás pusera o braço para fora da janela e estava com a mão aberta apoiada na porta. Era uma mão rosada e curta, quase feminina.

— Que sujeitos desagradáveis — disse papai.

— São policiais? — perguntei.

— Bom... devem ser — disse ele enquanto virava na rua Maipú, que desce até o rio.

Ninguém falou até chegarmos ao clube, como se os homens do Falcon tivessem exercido o poder de nos calar.

— Nem pense que se livrou dessa conversa — disse mamãe enquanto tirávamos as coisas do porta-malas.

— Você não entende nada — respondi, e desci correndo o barranco até o deque.

O rio estava alto e comecei a preparar a corda para quando papai atracasse a lancha.

Na ilha eles se acalmavam. Talvez se esquecessem de continuar me interrogando.

9

— Todo mundo vai a Miami — dizia mamãe.

Quase não havia dia em que sua vida não parecesse estar dedicada a convencer papai da importância daquela viagem que ele não queria fazer.

— Se não formos agora, não iremos mais — dizia também, como se Miami estivesse prestes a desaparecer ou o mundo fosse acabar antes de eles conhecerem "o paraíso das compras", como dizia papai.

Ela se defendia: não era só pelas compras, ele nunca queria ir a lugar nenhum, nunca fazia as vontades dela, era capaz de passar o resto da vida indo sempre aos mesmos lugares e morrer sem ter conhecido o mundo. Do jeito que ela falava, era como se de repente nossa vida tivesse perdido o sentido; papai me usava como desculpa, ela dizia, eu já tinha idade para ficar sozinha por uns dias, não ia acontecer nada comigo.

Nisso eu estava totalmente de acordo com ela. A perspectiva de ficar sozinha me entusiasmava tanto que precisava disfarçar. Se mamãe percebesse, era bem capaz de mudar de ideia: o que é que eu tanto queria fazer sem eles. Não haviam conseguido tirar nem uma palavra de mim na conversa que tivemos na ilha no dia da carta de irmã Francisca, mas estavam muito atentos às minhas ligações telefônicas e às minhas saídas, e eu tinha medo de que descobrissem a qualquer momento que Marito e eu nos víamos em Buenos Aires também. O que eu mais queria era que eles viajassem para poder convidar Marito para ir à minha casa, para pelo menos uma vez estar com ele na cidade sem uma mesa de café entre nós, mostrar-lhe meu mundo, meu quarto, minhas coisas.

"Água mole em pedra dura...", papai disse a mamãe na noite em que apareceu em casa com as passagens. Pensei que nunca tinha visto mamãe tão feliz quanto nos dias anteriores à viagem, fazendo listas e falando com as amigas, sim, ela também ia conhecer Miami, e anotava endereços, e me falava sobre Miami como se estivesse prestes a fazer uma viagem para o futuro, para um mundo de verdade, não como o nosso, cheio de impedimentos.

Acompanhei-os no táxi até o aeroporto e concordei obedientemente com todas as recomendações que me deram antes de desaparecer atrás dos funcionários da Alfândega. Papai quis fingir que estava sendo arrastado para uma coisa que não lhe interessava, mas era óbvio que também estava feliz. Conseguira informações sobre os lugares aonde ir, diferentes dos de mamãe, como achou importante esclarecer; quem sabe na praia vissem alguma mulher fazendo topless, dissera na noite anterior durante o jantar, piscando um olho para mim.

Era a primeira vez na vida que eu tinha pela frente uma semana inteira sem meus pais e, ao abrir a porta de casa, senti que crescera de repente, que era dona de meu tempo, que podia fazer o que tivesse vontade. Pus música para tocar e saí dançando pelo apartamento, me olhando no reflexo das janelas; abri a geladeira que mamãe deixara cheia de comida e imaginei as horas com Marito, enfim sós, realmente sós, sem sinetas que nos interrompessem, sem necessidade de disfarçar, sem nada que se interpusesse entre nós dois. Nunca estivera tão feliz.

Marito chegou às quatro da tarde. Trouxe um buquê de margaridas para mim. Estava contente. Preparamos um mate; eu comprara uma cuia especialmente, que tinha escondido no meu quarto para que mamãe não a visse, e a curara durante a manhã, rezando para que Marito não percebesse que era nova. Na ilha tomávamos mate e eu sempre dissera que em Buenos Aires tinha o mesmo hábito.

— Cuia nova — disse, assim que a entreguei a ele para que pusesse a erva.

—- A velha rachou — respondi, e me senti muito boba por não ter conseguido dizer que preferia café.

O pacote de erva também estava cheio.

— Mate é para dividir, e eu sempre estou sozinha.

E havia alguma verdade no que eu acabara de inventar. Mas nada era mais importante do que o fato de ele estar ali. Tínhamos o dia inteiro pela frente, uma semana pela frente, se quiséssemos, porque eu tinha pensado em convidá-lo para ficar, como se o convidasse para brincar de casinha.

— Só falta Lucio para completar a alcateia — eu disse.

— Pobre do Lucio, criado por duas loucas — respondeu Marito.

Gostei que ele dissesse isso, gostei de saber que para ele Carmen e eu tínhamos sido como duas mães loucas.

Sempre falei para mim mesma que não pretendia ir para a cama com ele quando o convidei. Uma vez conversáramos sobre fazer amor e decidíramos esperar, ou pelo menos eu decidira esperar e ele concordara. Eu tinha medo de que ele me julgasse mal se eu fosse para a cama com ele, achava que talvez fosse uma coisa errada; apesar da vontade que sentia, quem sabe o que poderia acontecer depois. E ele dissera que quando eu estivesse pronta a gente perceberia, ou algo assim. Acho que também dissera que não havia pressa. Quando o convidei para ir à minha casa sabendo que meus pais não estariam, bem que poderia ter imaginado que era uma oportunidade perfeita demais para que não terminássemos na cama. Estava no ar entre nós, mas eu não havia materializado em palavras, nem sequer em imagens, e isso fazia com que nos tratássemos com uma cortesia estranha, como se estivéssemos num cenário, diante de um público, representando uma peça.

Fizemos uma espécie de ninho com almofadas e nos deitamos na sala para assistir a um filme péssimo que passavam no "Sábados de super ação". Então nos beijamos. Afastei-me e fingi estar interessada no filme. Pela minha cabeça, passou aquela frase que mamãe e irmã Francisca diziam quando falavam de sexo (ainda que mamãe nunca falasse de sexo a não ser para contar sobre gravidezes indesejadas ou para criticar a educação de alguma menina da minha idade a quem, segundo ela, davam liberdade demais). "É preciso evitar a ocasião", diziam, e transformavam o sexo em algo que se deveria deixar bem guardado sabe-se lá onde. E ali estava eu, em uma ótima ocasião, descaradamente abrindo a porta ao pecado mais temido, apenas algumas horas depois de ela viajar para Miami depositando em mim toda a sua confiança. O pensamento surgiu e desapareceu, e apertei-me contra o corpo de Marito e continuei beijando-o. Não precisamos falar, e ele não teve que me perguntar nada. Desabotoei sua camisa para poder sentir sua pele, as mãos não eram suficientes, e fui deixando que ele me despisse porque queria tocá-lo com todo o corpo, envolvê-lo com as pernas, e que ele me acariciasse inteira. Estava caindo. Meu corpo inteiro se abria e perdia os contornos, doía como um vazio imenso que aparecera e que só Marito podia preencher. Tive meu primeiro orgasmo agarrada a seu olhar para saber que não estava me desintegrando, os olhos abertos pelo atordoamento. Depois chorei abraçada a ele, que me beijava o cabelo, o rosto, me lambia as lágrimas, me olhava como nunca tinha me olhado. Mas era como se tivessem me jogado de volta no mundo e eu soube, sem necessidade de palavras, que o que acabava de acontecer nos unia para sempre.

Quando, três horas depois, ele me disse que precisava sair para telefonar, senti minha alma despencar. Havíamos adormecido e lá fora já era noite. O rosto dele, iluminado pela tela muda da televisão, de repente estava muito sério.

— Ligue daqui — falei.

— Não posso ligar daqui. Vou a um telefone público e volto.

Não deixou que eu o acompanhasse e não quis comer nada.

— Volto logo — disse.

Beijou-me antes de ir. Beijou-me as pálpebras e os lábios, segurou meu rosto entre as mãos e sorriu antes de fechar a porta do elevador. Do térreo, me ligou pelo interfone.

— Te amo — me disse pelo porteiro eletrônico.

10

Passei as primeiras duas horas olhando para o telefone, tirando-o do gancho para ver se havia sinal. Talvez no telefonema que ele fora dar tivessem lhe dado uma má notícia, já me avisaria, era questão de tempo. Fui à sacada várias vezes. Chuviscava havia dois dias e a rua estava vazia, o semáforo mudava de cor para carro nenhum e as cores se refletiam no asfalto molhado. Às três da manhã passou um homem correndo; depois, nada. Desci três vezes até a rua. Imaginava-o caminhando em minha direção e descia para vê-lo chegar, ou para fazê-lo vir, como se ele não tivesse voltado porque eu estava lá em cima, mas, descendo, pudesse atraí-lo de volta. Em uma de minhas expedições ao térreo, quis ir até a cabine da rua Santa Fé, talvez ele ainda estivesse ali. A possibilidade de que Marito estivesse falando por telefone havia duas horas era uma ideia absolutamente ridícula, mas, de tanto desejá-la, me parecia factível. Não fui. Algo nos semáforos que trocavam de cor em silêncio me apertava o coração. A esquina de minha casa de repente parecia hostil, até perigosa. A sirene de um carro de polícia me assustou tanto que voltei a entrar no edifício e fiquei ali em pé, olhando a rua deserta através do vidro até que me dei conta de que, se Marito estivesse ligando, não me encontraria. A impossibilidade de estar nos dois lugares ao mesmo tempo me fez chorar; as possíveis explicações se multiplicavam ao infinito.

Ouvi o telefone quando estava no elevador e entrei em casa exatamente quando ele parou de tocar. Fiquei esperando que voltasse a tocar até o amanhecer. Com os primeiros barulhos da rua adormeci no sofá, abraçada aos meus joelhos, chorando.

11

Na noite anterior, eu não vira a mancha de sangue na almofada, mas quando acordei na manhã seguinte o sol batia direto nela. Tinha escurecido nas bordas, mas o centro continuava úmido, vermelho, e brilhava como uma joia. Vê-la me fez chorar outra vez. Aquela angústia era o preço a pagar por ter feito amor com Marito?

As meninas que dormiam com o namorado terminavam mal. Todas diziam, mamãe dizia. "Eles perdem o respeito por você", dizia Lucila Atkins, que brigara mil vezes com Antonio porque ele queria dormir com ela e ela queria chegar virgem ao casamento. A mãe de Lucila a advertira: os homens sempre querem dormir com as meninas, mas depois as abandonam. Pelo que diziam, o único jeito de prender um homem era casar-se com ele, e o único jeito de casar-se era não dormir com ele até estar casada. Eu queria estar com Marito para sempre, mas não pensava no casamento dessa forma. A única menina da minha turma que dormira com o namorado era muito diferente das outras. O namorado não a deixara; pelo contrário, estavam sempre juntos, no verão tinham saído de férias com os pais dela, passavam os fins de semana em um sítio e deixavam que dormissem juntos. Mamãe ficara indignada e a mãe de Lucila Atkins a proibira de convidar a colega a sua casa. Depois de uma reunião de pais, mamãe me disse que os pais dessa menina eram estranhíssimos e que a coitada terminaria mal. Era muito feio pensar que alguém podia terminar mal, e a ameaça era ambígua; nunca me ocorrera pedir a mamãe que fosse específica. O que era terminar mal?

A água fria caía sobre a mancha e se tingia de vermelho, escorria até o ralo, se perdia no encanamento. O sangue chega ao rio, eu pensava. Pelo porteiro eletrônico, Marito dissera que me amava. Por que diria que me amava se estava me deixando? O sangue não saía. Esfreguei com sabão em pó, escovei; o contorno da mancha, uma linha escura em forma de lótus, parecia indelével.

12

Os dias seguintes foram uma tortura. Toda vez que o telefone tocava eu corria para atender, convencida de que era Marito, e durante as horas e horas em que nada acontecia, olhava fixamente para o aparelho como se isso fosse fazê-lo tocar. As conversas telefônicas com mamãe e papai eram insuportáveis. Tinha tanto medo de que percebessem que algo não ia bem que inventava mentiras fantasiosas e um entusiasmo com a escola que me soava muito mais suspeito do que qualquer silêncio. Mas eles estavam tão felizes em Miami que não se davam conta de nada e, paradoxalmente, isso fazia que eu me sentisse abandonada, como se, apesar de tudo, tivesse a esperança de que eles percebessem que algo estava muito errado e voltassem correndo para me consolar. Não conseguia ficar parada, não conseguia me concentrar na escola, começava a chorar em qualquer lugar e tinha um nó no estômago que não me largava o dia inteiro. Travava vários diálogos internos nos quais todos os medos pelo que eu tinha feito brigavam com a certeza de que algo muito ruim acontecera com Marito. Liguei várias vezes para a casa do pai dele, mas ninguém atendia o telefone. Estava ausente, ocupada em reconstituir cada instante que havíamos vivido juntos, cada beijo, cada palavra, cada olhar. Convencia-me de que ele me amava, mas de que alguma coisa o impedia de ligar para mim, e um instante depois lembrava de todas as coisas que diziam na escola. Para aumentar minha tortura, me passou pela cabeça que estava grávida e examinava a calcinha toda vez que ia ao banheiro, procurando algum sinal; apalpava meu corpo para ver se encontrava algo diferente. Tinha a impressão de que a rua estava cheia de mulheres grávidas, de avisos, de lojas de roupa de gestante, que eram na verdade mensagens para mim, coincidências que confirmavam meu estado.

Até que me dei conta de que estava ficando louca e resolvi procurá-lo e pedir uma explicação.

Na quarta-feira à tarde, depois da escola, peguei o trem para o Tigre e fui à casa do pai dele. Caminhei as quadras que me separavam da estação com a certeza crescente de que Marito estaria em casa. Talvez estivesse muito ocupado, ou doente; talvez tivesse me ligado naquela noite enquanto eu estava lá embaixo e como eu não atendera ficara bravo comigo; talvez, e isso era o que mais me torturava, tivesse percebido que não me amava mais e estava procurando um jeito de me dizer isso.

Depois da garoa de quase toda a semana, saíra o sol e nas casas havia roupas penduradas para secar. O bairro onde Marito morava era muito diferente do meu. Eu tinha a sensação de que, por trás das janelas, as pessoas me espreitavam. Vi alguns rostos por entre as cortinas, e uma mulher que pendurava um avental de quadradinhos azuis no jardim me seguiu com os olhos, os braços erguidos, suspensos no ar, a expressão séria. Mesmo depois de passar, eu podia sentir seus olhos em minhas costas. Por trás das cercas, os cães latiam quando eu passava. Um cachorro enorme se lançou contra um portão e foi de encontro à grade que o separava da rua. Eu ia abraçada à minha bolsa. Não tinha certeza de que conseguiria encontrar a casa, apesar de tê-la procurado em um mapa do bairro e anotado as indicações em um papel que levava na mão, amassado de tanto consultá-lo para aprender de cor o nome das ruas. Havia ligado antes de sair, mas ninguém atendera. Dei-me conta então de que era muito provável que não houvesse ninguém. Ir até lá fora burrice.

A casa de Marito ficava na metade do quarteirão. Uma porta de arame trançado que algum dia fora branca fechava a passagem para um corredor na lateral da casa. A pintura estava descascada e, na parede que dava para o corredor, vasos com plantas secas davam à casa um ar abandonado. Toquei a campainha que havia ao lado da porta de arame, mas não deu para ouvi-la soar dentro da casa. Esperei por um bom tempo e bati palmas três vezes. Não apareceu ninguém. Empurrei o portão de arame, que se abriu bruscamente e bateu na pilastra. O chão da passagem lateral estava cheio de folhas caídas e havia musgo entre as lajotas. Parei na frente de uma porta, no final da passagem, a um dos lados, e bati. Poucos metros depois havia uma janela. Aproximei-me para olhar para dentro. A casa estava escura, mas em um canto consegui distinguir uma porta aberta e alguma luz. Quase fora de meu campo de visão, do outro lado da porta, uma lampadazinha acesa pendia de um fio. Bati no vidro da janela. Um momento depois, a silhueta de um homem se recortou na contraluz. Era um homem magro e parecia ter dificuldade em manter-se em pé. Ficou ali parado, olhando na minha direção como se não me visse. Como ele estava na contraluz, não dava para ver seus olhos, mas era impossível que ele não estivesse me vendo. A magreza, os ombros estreitos e aquele ar de abatimento que lhe pesava no corpo me lembraram o homem da foto que havia visto no quarto de Marito. Agora, como antes, soube que era o seu pai. Acenei com a mão.

— Sou amiga de Marito — disse, sem ter muita certeza de que me ouvira.

Ele avançou na minha direção, um pouco cambaleante, e, depois do que me pareceu uma eternidade, abriu a janela e deu um passo para trás, afastando-se.

— Marito está? — perguntei com voz trêmula.

Ele ergueu o braço muito devagar, como se lhe custasse um grande esforço, e varreu o ar diante do rosto.

— O senhor é o pai dele, não?

— Sim — respondeu.

De algum lugar veio o baque de uma porta; ele virou a cabeça e em seguida começou a gesticular para que eu fosse embora. Expulsava-me, agitando as mãos com o dorso virado para mim e as palmas para baixo, como se estivesse espantando uma galinha.

Na moldura da porta iluminada recortou-se a figura de outro homem.

— O que você está fazendo aqui? — perguntou o Tordo, avançando para a janela.

Por um momento senti um grande alívio ao vê-lo, como se tudo fosse se resolver porque ele estava ali. Depois, um medo muito maior do que o que sentira até então apertou meu peito. O Tordo não saía da ilha. Para que estivesse ali, alguma coisa muito ruim devia ter acontecido.

—Não sei onde está o Marito — respondi.

— Nós também não — disse o pai, e parecia que ia continuar falando, mas o Tordo olhou para ele, que baixou a cabeça e ficou encarando os sapatos.

— Ele foi para Santiago — disse o Tordo.

O pai de Marito levantou a cabeça e olhou para o Tordo como se o que acabara de escutar também fosse uma novidade para ele, mas só percebi isso muito tempo depois. Naquele momento tudo pareceu fazer sentido. Marito fora embora novamente, como na manhã seguinte ao nosso encontro na água. Meus olhos se encheram de lágrimas e me senti uma idiota parada ali, sozinha; tive até a impressão de que o Tordo estava sorrindo.

— Quando ele volta? — perguntei.

— Não sei — disse o Tordo.

O pai de Marito fechou a janela e do outro lado do vidro voltou a gesticular para que eu fosse embora. O Tordo me deu as costas e desapareceu pela mesma porta por onde aparecera. Eu jamais odiara tanto alguém.

13

Voltei para a rua e fiquei ali como se já não existisse mais nada no mundo para mim. O sol desaparecera por trás das casas e um frio úmido subia do chão; senti-o nos pés, em volta dos tornozelos, como uma mão fria. Por trás da cerca de arame do jardinzinho da casa ao lado, um jovem que parecia ter mais ou menos a minha idade tinha os olhos fixos em mim. Estava apoiado na cerca e os dedos de unhas roídas estavam brancos com a força que faziam para se agarrarem ao arame.

— Oi — disse ele, esmagando o rosto com tanta força de encontro ao arame que a carne sobressaía pelos losangos como uma massa crua.

Dei-me conta de que ele padecia de uma deficiência mental. Tive vontade de empurrar o rosto dele para que parasse de me olhar. Saí dali e me sentei na entrada de uma casa qualquer, a poucas quadras de distância. Não queria voltar para casa; queria me deitar na rua e ficar ali jogada. O que Marito e eu fizéramos era pecado e agora eu pagaria as consequências. Todas as coisas que haviam me dito na escola ao longo dos anos me voltavam à cabeça. As frases de minhas amigas e de minha mãe, as frases das quais Carmen caçoava. Repetiam-se em minha cabeça, mas não conseguiam cobrir o que estava por baixo: uma tristeza que não tinha nada a ver com aquilo, uma dor concreta, como se tivessem arrancado um pedaço de mim e agora eu estivesse com um buraco onde antes era meu corpo. Quando me levantei para ir embora, já havia escurecido. A rua estava muito silenciosa e só se ouviam latidos, um ou outro motor, uma sirene que vinha do escuro.

Caminhei até a estação concentrada no som tranquilizador de meus próprios passos. Ninguém sabia que eu estava ali. Meus pais estavam muito longe. Já não tinha amigas. Perdera Carmen e agora Marito também me deixara. A estação de Carupá estava mal iluminada e as pessoas na plataforma pareciam submersas em suas próprias coisas. Pensei que ninguém se importava com o que acontecia com os outros, que eu poderia morrer ali mesmo que ninguém se importaria. Comprei o bilhete e me sentei num banco para esperar o trem. Mal terminara de me acomodar quando o vizinho louquinho de Marito se sentou na outra ponta do banco e ficou me olhando. Fingi não vê-lo.

— É mentira que Mario foi pra Santiago — disse, e aproximou-se deslizando no banco.

Olhava em volta e se agachava para olhar debaixo do banco, como se pudesse haver alguém ali.

— Estou com o tênis dele. Escondi no guarda-roupa pra mamãe não ver. Vou cuidar do tênis dele porque amigos se cuidam e se amam.

E olhou outra vez debaixo do banco.

A campainha começou a tocar e o bobinho olhou o trem que se aproximava como se de repente tivesse se esquecido de tudo e estivesse diante de uma parada de circo. Não tentei entendê-lo. O medo que ele me fizera sentir roubara o ar ao meu redor, e assim que o trem parou corri até as portas que se abriam e entrei num vagão. A única coisa que conseguia pensar era que por favor ele não me seguisse.

14

A campainha me acordou às três da manhã. Eu adormecera na sala, com a televisão ligada, enrolada num cobertor de quando era bebê. Por um momento pensei que havia sonhado, mas ela voltou a tocar. Era o porteiro eletrônico, agora soando com insistência. Marito. Corri para a cozinha.

— Alma? — disse uma voz de mulher do outro lado.

— Quem é?

— Carmen.

Carmen. Às três da manhã, depois de dois anos sem a gente se ver, mas meu coração pulou de alegria. Abri a porta de entrada com o porteiro eletrônico e saí para esperá-la no *hall*. À medida que contava os andares pelos quais passava o elevador, meu coração parecia se acelerar mais e mais, até que meu peito começou a doer de tanta pressão. Imaginava que assim que Carmen abrisse a porta eu me jogaria em cima dela, a abraçaria e beijaria e nada do que acontecera entre nós teria importância, mas quando a porta se abriu a única coisa que pude sentir foi um medo inexplicável que me deixou pregada no chão, como se ela tivesse jogado em mim o medo que carregava, esse que eu nem sequer podia supor.

Ela entrou antes de mim e, só quando fechei a porta às minhas costas, me abraçou. Um abraço seco, tão distante dos abraços de nossa infância e adolescência que eu podia ter começado a chorar ali mesmo. Mas reconheci instintivamente a necessidade de reprimir toda emoção.

— Preciso ficar aqui por uns dias — disse. — Peço que por favor me receba.

Meus pais voltavam no dia seguinte, mas não falei nada. Depois pensaria em como fazer para que eles aceitassem hospedá-la. Eu não comera nada na noite anterior e percebi que estava com muita fome. Carmen foi comigo até a cozinha e se sentou com as mãos sobre a mesa. Perguntei por Emil. Disse que ele estava na casa de uns amigos e emudeceu. Vejo agora a cena e gostaria que tudo tivesse sido diferente. Sem dúvida ela queria me contar tudo. Do meu lado, sei que queria contar a ela tudo o que havia acontecido comigo e que as coisas voltassem a ser como antes, quando nos sentávamos apoiadas nas costas uma da outra na ilha do meio e falávamos até acabar com qualquer problema. Mas eu a traíra, e isso me dava vergonha, e em lugar de falar ou pedir desculpas eu fingia que nada tinha acontecido. Isso ocupava todo o meu espaço, tanto que não conseguia agir com naturalidade.

— Preciso tomar um banho e dormir. Estou muito cansada — ela disse.

Acompanhei-a até o banheiro, peguei uma toalha limpa no armário do corredor, abri a torneira da pia para puxar água quente. Fizemos tudo em silêncio, como se a parede que tantas vezes me separara de Marito estivesse agora entre nós duas. Acredito que imaginei que falaríamos mais tarde, que era lógico que levasse tempo para nos acostumarmos. Eu tinha dezessete anos: como não iria pensar que tínhamos todo o tempo do mundo pela frente? De todo modo, imagino que estivesse planejando formas de me reaproximar de minha amiga enquanto esquentava um pouco de arroz no fogão e escutava o som do chuveiro que vinha do banheiro. A felicidade do primeiro momento desaparecera e abrira espaço para uma sensação incômoda, para uma necessidade de me mover por minha própria casa como se estivesse atuando em uma peça de teatro e tivesse esquecido as falas. Podia sentir o peso no corpo, a falta de ar. Sentei-me para comer o arroz, atenta aos ruídos de Carmen. Fechou o chuveiro, devia estar se secando, devia ter se vestido, já viria.

Quando percebi que não vinha, fui atrás dela. Dormia na minha cama encolhida, como um bebê, de costas para a porta, de luz acesa. Todas as vezes que dormíramos juntas, eu me queixara da falta de espaço. Carmen era dessas pessoas que se espalham na cama para invadi-la inteira e sempre preferira passar as pernas por cima de mim e pôr um braço sobre o meu rosto a ceder um centímetro que fosse de seu território. Não mais que um momento antes a simples ideia de dormir com ela na mesma cama como quando éramos pequenas me lembrara a intimidade, as vozes no escuro, seu corpo morno, mas isso também se desmanchara agora. O que acontecera com ela desde a última vez que nos víramos? Deixei de pensar em minha traição. O que quer que estivesse acontecendo com ela a modificara tanto que eu tinha dificuldade em reconhecê-la.

Deitei ao seu lado e apaguei a luz. Me aproximei para cheirar seu cabelo. O calor de seu corpo adormecido me acalmou e fui me deixando levar pelo ritmo de sua respiração.

Seu grito me acordou não mais que uma hora depois de adormecermos. Estava sentada na cama de olhos arregalados e rosto transfigurado. Quando me sentei, olhou para mim como se não me reconhecesse. Tremia.

— Você não sabe — disse.

Abracei-a. Pela primeira vez na vida me sentia maior que ela, mais forte. Perguntei o que é que eu não sabia. Não respondeu.

— Marito foi para Santiago? — perguntei.

Ela negou com a cabeça e fiquei esperando que dissesse mais alguma coisa, mas levantou-se e disse que ia buscar um copo de água. Segui-a até a cozinha. Pelas janelas da sala entrava a luz esbranquiçada da madrugada.

— Onde ele está? — perguntei da porta.

Ela estava agachada em frente à geladeira aberta procurando a água e, quando se endireitou, percebi o que não havia visto antes. Carmen estava grávida.

Senti que meu corpo se esvaziava e me sentei. Onde estava Marito? Por que ela estava ali, na minha casa, grávida? Por que dormia encolhida? Por que gritara? Não perguntei nada. Percebi com uma clareza esmagadora que, fosse lá o que fosse que eu não sabia, era demais para mim. Abracei-a e lhe dei os parabéns e perguntei para quando era o bebê. Mas me custava olhá-la nos olhos. Estava apavorada com a ideia de que ela me contasse o que até um segundo antes eu tanto queria saber.

15

Mamãe foi a primeira a sair. Vinha com três malas no carrinho e duas sacolas que não havia conseguido fechar, de tão cheias que estavam. Papai vinha atrás com mais duas malas e uma montanha de casacos, ainda que em Miami não fizesse frio e em Buenos Aires o inverno estivesse acabando. Os dois acreditaram que eu chorava por causa da saudade que sentira e riam durante o trajeto de volta, atropelando-se para me contar sobre a maravilhosa viagem que haviam feito. Vistos de fora, parecia que éramos felizes, ninguém tinha como saber que eu queria gritar que se calassem, dizer que não suportava a alegria deles ao mesmo tempo que queria ser envolvida por ela, ser parte dela, deixar todo o resto fora daquele carro.

— Os preços — dizia mamãe, e repetia o tempo todo como se fosse mudar a minha vida o fato de que em Miami se podia comprar tudo pela metade do preço. Resolveu me fazer uma lista das roupas que tinha comprado, e a cada tanto repetia que tudo, absolutamente tudo o que comprara, era tamanho oito, que no fim nem sequer precisava experimentar as coisas, de tão exatas que eram as numerações. Não ia contar o que comprara para mim, queria que eu visse com meus próprios olhos. E em mim a curiosidade de ver as roupas começou a se misturar com os últimos dias, e era tão fácil estar naquele carro com meus pais falando de Miami, das promoções, das praias e dos restaurantes, dos barcos amarrados nos deques de Key Biscaine. Eram as coisas que sempre haviam tranquilizado minha mãe, as coisas que meu pai sabia que a faziam feliz, as coisas que enchiam nossas vidas.

Eles não gostaram que Carmen estivesse na nossa casa. Quiseram saber por que não tinha outro lugar para ela ficar, mas eu não dispunha de uma resposta e tive que pedir a eles que se pusessem no meu lugar. Por acaso teriam dito que não? Ela estava grávida e me pedira que a hospedasse.

— Ela tem família — disse mamãe. — Ou o marido a deixou?

— Quanto tempo ela pretende ficar? — perguntou papai.

Eram coisas a que eu também não tinha como responder.

O diálogo embaçou um pouco os ânimos, mas já estávamos chegando e creio que decidiram manter o espírito da chegada.

— Será só por uns dias — papai disse a mamãe, e fez um carinho na perna dela, e ela suspirou e começou a me perguntar sobre as aulas. Eu não quis dizer que havia faltado. Poriam a culpa em Carmen, e ela não tinha nada a ver com isso. Era impossível explicar alguma coisa a eles. Já não vivíamos no mesmo mundo.

16

As malas e sacolas estão abertas e espalhadas por toda a sala. As coisas — calças, camisas, casacos lustrosos, sapatos, botas, um aparelho de música, um secador de cabelo como o dos salões de beleza, produtos para *brushing*, maquiagens, um montão de discos, revistas, pomadas para limpar sapatos, sete pacotes de papel higiênico de folha dupla, "queécomoselimparcomsedaAlma", caixas de cereais para o café da manhã — ocupam todo o espaço, até os sofás e as cadeiras. Mamãe caminha equilibrando-se entre as pilhas desordenadas de compras, pega algumas coisas e nos diz o preço em dólares, traduz em pesos. "Dá para acreditar?", diz uma e outra vez, repete tantas vezes, mas não olha para ninguém em especial, como se falasse consigo mesma. Está tão empolgada que parece ter se esquecido da presença de Carmen. Carmen está parada sob o batente da porta que dá para o corredor, pálida e muito séria, ainda que também pareça hipnotizada pelo butim. Papai sorri, sentado no braço do sofá, tentando fazer com que a pilha de meias e gravatas que mamãe foi atirando sobre as suas pernas não caia no chão. Em alguns momentos o entusiasmo de mamãe me contagia e me sinto como quando era criança e me levavam à loja de brinquedos para escolher meus presentes de aniversário, mas também sinto um desconforto que não sei explicar.

— Você vai precisar abrir espaço no guarda-roupa — diz mamãe. — Pode doar as roupas velhas.

— Quem vai arrumar essa bagunça? — pergunta papai.

E passa pela minha cabeça a imagem de Marito no deque desmanchando os nós do fio da luminária de mamãe, o rolo de fio arrumado em suas mãos depois. Olho Carmen nos olhos. Não consigo decifrar o olhar dela. Anos mais tarde, ao lembrar-me daquela cena, a única coisa que eu gostaria é que ela tivesse conseguido decifrar no meu a confusão que eu mesma não reconheço agora.

17

A janela de meu quarto dava para o pátio interno do prédio. Desde pequena eu gostava de ficar atrás da vidraça olhando as janelas iluminadas do edifício do outro lado. Gostava de imaginar a vida das pessoas, adivinhar os pensamentos da senhora do sétimo que lavava a louça ou cortava verduras por trás do vidro de sua cozinha, do homem que entrava afrouxando a gravata depois de um dia de trabalho e que a fazia virar-se para dizer olá; dos meninos do quinto em frente à televisão da sala, da maluca do sexto que passeava por toda a casa com uma partitura na mão, seus robes de seda, suas manhãs de persianas baixas, do homenzinho que todas as quartas-feiras às cinco da tarde a acompanhava ao piano. Imaginava que, enquanto eles viviam sua vida sem saber que eu os observava, havia gente pastoreando gado sob o céu azul, japonesas tomando chá sobre um tatame, bosquímanos correndo pelo deserto, esquimós dando nomes à neve de acordo com a textura que ela tivesse. Num de meus primeiros aniversários me deram de presente um livro sobre as crianças do mundo, e eu me acostumara a pensar nelas: holandesinhas de chapéu pontudo, havaianas de saia de palha e guirlanda, negros de colar colorido. O mundo da minha infância era habitado por pessoas vestindo trajes típicos, mas eu não pensava nisso na época. Simplesmente gostava da ideia de simultaneidade, de todas as vidas possíveis. Também não pensava nas desgraças. Na minha infância, as crianças do mundo sorriam como nos desenhos do meu livro.

Jamais teria imaginado que, enquanto mamãe e papai dividiam o butim comprado em Miami, um Ford Falcon estacionava na esquina da casa do pai de Marito e ficava à espera, que os vizinhos que os espiavam por trás das janelas não queriam nem imaginar o que estariam fazendo ali, que ninguém sabia quem eles estavam esperando até o Tordo sair à rua.

Mais tarde um vizinho disse que o Tordo nem olhou para onde estava o Falcon, que saiu caminhando para os lados da estação, que o Falcon avançou devagar e foi se aproximando até alcançá-lo. Da janela traseira, os disparos de uma metralhadora atravessaram o corpo dele. O Falcon acelerou e o corpo do Tordo ficou jogado na rua.

Na tarde em que meus pais chegaram, Carmen me pediu que fosse com ela fazer uma ligação em um telefone público. Não quis usar o telefone de casa — como Marito, pensei — e não insisti. Acompanhei-a, esperei do lado de fora da cabine, escutei-a gritar quando lhe deram a notícia. Olhou-me com os olhos cheios de lágrimas e apoiou a testa no vidro. Apoiei a testa na altura da sua, sem parar de olhá-la, e comecei a chorar com ela, sem saber ainda por que chorava, enquanto o vidro se embaçava com o calor de nossa pele.

18

Sei que meus pais teriam preferido não ir ao velório do Tordo. Mamãe, sobretudo, parecia procurar, num repertório de comportamentos adequados, a melhor reação diante das circunstâncias, mas estava aborrecida: a morte do Tordo não a afetava o suficiente e o velório era inoportuno para ela. E, para completar, tinha Carmen como testemunha. Eu estava obcecada pela imagem do Tordo jogado na rua. Quando Carmen me contou o que acontecera, as palavras formaram uma imagem. Como se, ao contar-me a cena, ela estivesse assistindo a um filme, e agora a imagem voltava sem parar à minha mente. Ele, que não pudera viver em Buenos Aires nem por amor, acabara morto numa rua, longe do rio e dos juncos e do cheiro de lama. Carmen chorava sentada em minha cama e eu não conseguia pensar em outra coisa.

O velório era no Tigre. Carmen disse que iria sozinha, que tinha que fazer alguma coisa antes, e desceu do carro em San Fernando. Não parara de chorar desde que recebera a notícia. Quis correr atrás dela, mas não o fiz. Quantas vezes, depois, me culpei por tê-la deixado ir. Eu nunca teria imaginado que aquela seria a última vez na vida em que a veria. Estive a ponto de baixar o vidro do carro e gritar perguntando se alguém avisara Marito da morte do Tordo. Por um momento a ideia de que ele tivesse que voltar para o enterro me deixou feliz, depois me senti culpada. Comecei a pensar em como ele ficaria triste, em como Santiago era longe, em que certamente não conseguiriam avisá-lo a tempo. Se Marito não chegasse a tempo para o enterro do Tordo, não poderia despedir-se. Talvez passasse o resto da vida pensando que o tio ia surgir a qualquer momento, que logo o encontraria, que ele estava viajando e era aquele homem que caminhava alguns metros à sua frente na rua, o que esperava o trem a vários vagões de distância, o que acabara de virar a esquina. Era o que eu pensava naquela tarde, sem saber que o tempo mudara seu rumo para que eu adivinhasse algo que aconteceria comigo, não com Marito. Tudo me fazia chorar, mas eu tentava não fazer barulho, não queria perguntas nem consolo de meus pais, e ao mesmo tempo queria contar tudo a eles para que eles pudessem me dizer que tudo ficaria bem — e queria conseguir, ainda, acreditar neles.

A sala onde o Tordo foi velado ficava no final de um corredor de ladrilhos manchados, com uma fila de cadeiras de alumínio com assento forrado de plástico vermelho. Quase todos os assentos estavam rachados, como se alguém os tivesse talhado com uma faca, e um estofamento carcomido e sujo saía pelos talhos como de uma ferida. Da porta de entrada já se ouvia o choro, mas quando entramos na sala não consegui ver imediatamente quem chorava. Dona Ángela estava sentada à cabeceira do caixão com as mãos juntas sobre o colo e os lábios apertados. Atrás dela, Cátulo, seu marido, e Chico. Eu nunca vira Chico de terno. Pareciam uma foto antiga, os três em uma pose antinatural, Cátulo menor que dona Ángela, a mão sobre o ombro dela e um ar resignado, apesar da rigidez da pose. Chico estava com os olhos inchados.

Meus pais se aproximaram e os cumprimentaram. Papai não falou, mamãe disse "Meus mais profundos pêsames". Eu ficara um pouco para trás, queria que dona Ángela me abraçasse, que percebesse que eu tinha chorado, que estava muito triste, que soubesse que eu a amava e que sua tristeza e a de Carmen me enchiam de dor. Mas agora não conseguia chorar e tinha certeza de que ela pensaria que eu era fria, que, como minha mãe, não me importava com a morte do Tordo. Depois, não sabia onde ficar. Estava evitando olhar para o Tordo — o caixão e ele dentro do caixão, vestindo um terno escuro, me atraíam como um ímã — e não olhá-lo exigia toda a minha concentração, mas pessoas continuavam chegando e para vê-lo eu precisaria aproximar-me novamente em vez de ter me afastado como fizera. O caixão aparecia e desaparecia de meu campo de visão, e eu o enxergava sem prestar atenção, como se estivesse com os olhos desfocados. Na minha frente parara um homem grande com um casaco que cheirava a fritura. Ele tapava minha visão e comecei a olhar para os lados, para toda aquela gente que eu não conhecia. A um canto descobri quem estava chorando: uma mulher de ombros ossudos e cabeça pequena demais para seu corpo.

— Ele nem viu quando se aproximaram — dizia um homem à minha esquerda. — Atiraram da janela de trás.

— Em que estaria envolvido? — disse outro.

— Em nada, imagine. Isso foi o sobrinho. Marito.

O nome dele de repente, como um soco no estômago. O que o homem acabava de dizer era a coisa mais idiota que eu já ouvira na vida. Como ele podia imaginar que Marito fosse capaz de fazer algum mal ao Tordo? Virei-me para dizer isso a ele. O homem era baixo, atarracado, e ninguém jamais me olhara assim. Não falei nada. Os dois saíram dali e foram para outro lugar.

— Acho que foi por causa daquela mulher da ilha. Essas coisas terminam assim — disse um deles enquanto andavam para a outra ponta da sala, ao encontro de alguém que acenava para eles. Pouco a pouco as vozes dentro da sala tinham subido de volume e o ar parecia sólido, como se estivéssemos fechados numa caixa. Carmen não chegava. Planejei contar a ela o que o homem dissera e isso me fez perceber claramente que não faláramos sobre coisa nenhuma. Tínhamos passado dois dias juntas e havíamos arranjado um jeito de não dizer nada uma à outra. Pensar nisso foi o que mais me entristeceu. Mamãe começou a acenar para mim do outro lado da sala, mas fingi que não estava vendo. Não queria ir embora. O movimento das pessoas fora me empurrando e de repente me vi em frente ao caixão, sem poder mais evitá-lo. O Tordo estava de terno escuro e gravata, penteado com gel. Foi difícil reconhecê-lo. Não tinha nada a ver com o Tordo que me dava medo, o da ilha, o que passava uma tarde inteira carregando o bote com troncos, o que brigara com Chico. Comecei a desejar com todas as minhas forças poder vê-lo outra vez, mesmo que estivesse bravo, nos expulsando a pontapés da casa da húngara, até dizendo a Marito que não andasse comigo, qualquer coisa, desde que não tivesse morrido. Aquele homem do caixão se parecia mais era com seu pai, menor, pacífico, e eu queria ver o homem grande da minha infância, o das histórias de Carmen, aquele que, na minha imaginação, lia livros encadernados em uma cama larga enquanto fazia amor com a húngara. O quadro da húngara recostada sobre as almofadas de flores, cercada de plantas e oferecendo seu sexo, passou pela minha cabeça um instante antes de ela mesma entrar na sala. Fez-se um silêncio quando ela entrou e todos lhe abriram caminho até o caixão. O Mar Vermelho. Eu nunca vira alguém chorar daquela forma. Atirou-se sobre o corpo, agarrou seu rosto entre as mãos, começou a beijá-lo. Beijava sua testa, suas pálpebras, sua boca, acariciava seu rosto, se afastava um momento para olhá-lo e voltava a beijá-lo, engolia as lágrimas e o ranho, secava o rosto com as mãos e voltava a molhá-lo com as lágrimas. Ninguém se mexia. Dona Ángela começara a chorar em silêncio, de olhos fechados. A húngara se pôs a acariciar o corpo do Tordo, acariciava-o como se não conseguisse ter o suficiente dele; ele estava morto e parecia que ela queria entrar no caixão e fazer amor com ele como na tarde em que a vimos. Acho que se Chico não a tivesse abraçado ela acabaria se deitando em cima dele no caixão. Ela queria soltar-se do abraço e Chico não deixava. Então ela começou a gemer e era como se houvesse um animal trancado na sala. Dona Ángela continuava chorando. Não fazia barulho, as lágrimas lhe escorriam pelo rosto, pelo pescoço, se juntavam no decote, escorriam pela correntinha com a cruz, encharcando-a. Comecei a sentir que a sala girava. Procurei papai e mamãe com os olhos, mas não consegui encontrá-los. Estava sem ar. Senti que ia sufocar e saí para o corredor. A húngara continuava gemendo.

Sentei-me em uma das cadeiras e pousei a cabeça entre os joelhos para me recuperar. Devo ter ficado assim mais do que pensei, porque não ouvi quando a húngara passou. Seus gritos me sobressaltaram. Estava parada no meio do corredor e gritava com um homem que reconheci como sendo seu marido, não porque o tivesse visto com tanta clareza no dia em que os dois passaram no barco, mas pela semelhança dele com o pai dela, que tanto me chamara a atenção. Ele a segurava pelos pulsos para que ela não batesse nele e tentava abraçá-la. Ela o afastou com um empurrão.

— Não me toque — gritou, antes de sair correndo.

Ele olhou para dentro da sala e me viu. Tinha os olhos azul-celeste, muito claros, e uma expressão estranha, como se uma grande dor transformasse sua face em uma máscara. Ficou parado ali por um momento e depois saiu a passos largos, alisando o casaco com as duas mãos ao redor do torso.

19

A ideia me ocorreu no dia seguinte ao velório, no meio do intervalo da manhã. Se matasse aula e saísse ao meio-dia poderia ir à casa do pai de Marito e estar de volta na hora da saída. Papai e mamãe me buscariam para irmos para a ilha e a mera ideia de passar o fim de semana na ilha sozinha com eles sem antes ter falado com o pai de Marito parecia um pesadelo. Eu tinha que saber o que acontecera com Marito, onde ele estava, precisava encontrar um jeito de avisá-lo de que o tio havia morrido. Às vezes, é necessário mentir para si mesma para poder agir. Se eu tivesse admitido para mim mesma o que realmente queria saber, é possível que o medo tivesse me paralisado.

Escapei da escola misturando-me com as meninas que saíam para almoçar e na primeira esquina saí correndo até a avenida. Nem sequer tinha muita certeza sobre qual ônibus pegar, mas logo vi um que indicava o Tigre. Estava quase vazio.

As ruas do bairro de Marito não pareciam as mesmas da outra vez. O sol esquentava as calçadas, e a música e as vozes de rádios ligados enchiam a rua de sons. Um homem trabalhava em seu jardim com uma escova de carpinteiro. A serragem dourada saltava no ar, e o cheiro picante e doce da madeira flutuava na rua em frente à casa dele. Sorriu para mim e o cachorrinho a seu lado balançou o rabo. Eu teria que ser cega para insistir, com a angústia que me comia por dentro. Precisava parar de pensar na morte do Tordo, precisava parar de pensar que algo ruim havia acontecido com Marito. Certamente ele já teria voltado de Santiago. Abriria a porta de casa para mim e se surpreenderia muito, mas ver-me assim, de repente, o faria perceber que me amava. Como era a frase? *O coração tem razões que a própria razão desconhece.* Ele abria a porta e eu o abraçava. Era essa a imagem que escolhi repetir sem parar em minha cabeça enquanto andava pela rua até a casa dele. O abraço. O corpo dele e o meu. Sem parar. A passagem descascada me desanimou um pouco. Sem tocar a campainha, empurrei o portão de arame que batia na pilastra e fui diretamente até a janela. A casa estava escura. Bati no vidro e, sem esperar, bati na porta. Ouvi um barulho na casa dos vizinhos atrás de mim e, um segundo depois, a cabeça do louquinho apareceu por cima do muro baixo que separava da casa dele o corredor do jardim.

— Ele não vai abrir — disse.

Voltei a bater na porta.

— Não vai abrir porque está mortinho de medo — disse o bobinho, e soltou uma risada nasal.

Bati no vidro e me aproximei. A porta pela qual o vira sair no outro dia estava fechada.

— Sou amiga de Marito — gritei.

— Eu também — disse o bobinho. — Estou com o tênis dele.

— Cale a boca.

— Não calo nada.

Senti vontade de bater nele.

— Abra, por favor! — gritei.

Voltei a bater na porta, com todas as minhas forças, e a senti ceder. Não estava trancada.

— Você não pode ir entrando em uma casa que não é sua — disse o bobinho.

Não dei bola. A porta que se via da janela dava para uma cozinha. Fazia frio, e a pequena lâmpada pendurada do teto iluminava as paredes manchadas, uma pia cheia de pratos sujos empilhados, várias cadeiras, uma com o encosto quebrado; sobre uma mesa de madeira que algum dia fora vermelha, um pão mordido, migalhas, um garrafão de vinho tinto e um copo pela metade. O cheiro de umidade e de panelas sujas era insuportável.

Um corredor escuro levava ao fundo da casa. Comecei a avançar na escuridão quando o som de uma porta mais adiante no corredor me deteve.

— Carmenzinha — disse uma voz de homem. — Pensei que tinham levado você também.

Retrocedi até esbarrar na mesa. O corpo magro do pai de Marito saiu da escuridão do corredor e entrou na cozinha. Cambaleou em minha direção. Fedia a álcool. Deixou-se cair em uma das cadeiras e apoiou os cotovelos na mesa.

— Pensei que fosse a minha filha — disse, e indicou o garrafão. — Quer?

Ocorreu-me que, se aceitasse, seria mais fácil que confiasse em mim.

— Ali em cima tem copos — falou.

Abri a porta de um armário acima da pia e peguei um copo. Ele se levantou e tentou erguer o garrafão, mas não chegou a me servir e teve que voltar a sentar-se.

— Sirva-se — disse.

Servi o copo. O vinho era azedo.

Agora que estava ali, na frente dele, não fazia a menor ideia de por onde começar a perguntar por Marito. Planejara iniciar a conversa indagando se alguém o avisara sobre a morte do Tordo, mas as palavras se recusavam a sair. O que ele tinha querido dizer ao me confundir com Carmen? Tive a sensação de que passaria a tarde inteira muda, com aquele nó no estômago tirando meu ar.

— Então você é a princesinha do meu filho.

— O vizinho ao lado está com um tênis de Marito — falei, quase ao mesmo tempo que ele.

Era como se alguém tivesse falado por mim.

O pai de Marito apoiou a cabeça nas mãos.

— É um bom menino — disse ele.

Entendi que se referia a Marito. Eu havia começado a tremer. Era um tremor que nascia na boca do estômago e parecia seguir por dentro do corpo.

— O que eu podia fazer? — disse, e me olhou como se esperasse que eu respondesse. — Não podia fazer nada. Ninguém nos ajudou. Com a confusão que fizeram, quem viria nos ajudar? Me fizeram pular da cama.

Eu quis perguntar quem o fizera pular da cama, mas, uma vez mais, minha voz não me obedeceu.

Passou a mão pelo cabelo, da frente para trás, e entornou o copo de vinho.

— Quando Marito chegou, eles já estavam me dando uma surra. Os de fora o agarraram e os que estavam comigo pararam de bater em mim para se ocupar dele — quem, quem, quem?, dizia minha voz presa em minha cabeça. — Sabe no que eu estava pensando? Pensava que pra gente é mais fácil porque já sabemos o que é uma boa porrada. A gente é duro na queda. Tem gente que não aguenta nada. Veja — disse, e levantou a camisa.

Tinha o torso cheio de hematomas. Grandes manchas que iam de um marrom-amarelado ao roxo davam a volta na sua cintura. Girou na cadeira para que eu visse. Em alguns pontos havia crostas de sangue.

— Quem? — perguntei enfim.

Não fui capaz de reconhecer minha própria voz. O pai de Marito me olhou como Marito me olhava quando eu fazia perguntas idiotas.

— Me sirva mais vinho.

A bebida saiu de uma golfada e caiu sobre a mesa.

— Desculpe — eu disse; não havia nenhum pano para limpar e ele fez um gesto com a mão para que eu terminasse de servir.

— Não importa, sente-se — disse, tomou um longo gole de vinho e voltou a largar o copo na mesa com um golpe. — Não me quebraram nem uma costela. Dele, sim, quebraram. Cães raivosos. Escutei os ossos. Amarraram ele na cadeira. Um daqueles animais arrancou o fio da lâmpada da sala.

Apoiara as mãos sobre a mesa e elas tremiam. Inclinei-me para a frente para segurá-las, mas ele as recolheu e fiquei com os braços esticados sobre a mesa e o corpo inclinado, como numa reverência. O copo dele ficara entre meus braços e ele fez um movimento exagerado para pegá-lo, uma curva muito alta, como se meu braço fosse uma parede que o separava de seu vinho. Endireitei-me. A mão que segurava o copo tremia e ele tentou acalmá-la com a outra. Segurou o copo com as duas mãos, e olhava para ele.

— Molhavam ele. Um molhava e o outro vinha com o fio. Num dos pulos ele quebrou o encosto da cadeira e o amarraram nesta outra. Não estava se fazendo de espertinho. Não dava para entender nada do que eles gritavam. Eu disse a eles. Eu não estava bêbado.

Continuava olhando para o vinho. Eu precisava tocar nele. Precisava que ele me tocasse. Estava ali, a menos de meio metro de mim, e eu não podia me aproximar. Quanto mais vontade eu tinha de chegar perto dele, mais meu corpo se enrijecia, como se o ar ao meu redor tivesse se transformado em pedra e eu estivesse ali presa, aprisionada na pedra. Eu teria dado qualquer coisa para que ele me olhasse. Para não tê-lo ouvido e para que me olhasse. Ele não tirava os olhos de seu copo de vinho. Eu estava morta de sede. Mas buscar um copo de água era tão impossível quanto tocar no pai de Marito.

— Um dos que estavam fora entrou furioso. Gritou alguma coisa aos que estavam aqui dentro.

Apoiou o copo, empurrou-o até a outra ponta e deitou-se sobre a mesa. O rosto de lado, virado para a parede, apoiado sobre o vinho que eu derramara ao servir.

— Marito nem levantava mais a cabeça — disse; sua voz saiu para o outro lado.

E eu, como se tivesse tido a ideia fugaz de agarrá-la, estendi a mão e, finalmente, apoiei-a nas costas dele, entre suas omoplatas magras, sobre o colete de lã verde.

— Quando viram que ele não podia dizer mais nada, arrastaram até o carro. O tênis caiu quando o arrastavam pelo corredor.

20

Nem sei como fiz para voltar para a escola. Era como se tivessem posto minha cabeça dentro de uma sacola de plástico. Não conseguia respirar, abria a boca, o plástico sobre minha boca, sobre meu nariz, cada vez mais grudado, até me deixar sem ar. As imagens da cena que o pai de Marito me contara giravam em minha cabeça. Impossível evitá-las, como procurar com a língua uma ferida na boca.

Cheguei duas horas depois do horário de saída. Quando cheguei, a mulher da recepção começou a gritar comigo. Duas freiras apareceram e uma me agarrou pelo braço.

— Onde você estava? — gritou, e me sacudia como se minhas palavras estivessem presas e ela pudesse assim fazer com que saíssem.

A mulher da recepção dizia que agora já não sabia como localizar meus pais. Ligou para minha casa, mas não estavam.

— Como você pôde fazer uma coisa dessas com eles? — me dizia uma e outra vez, e parecia que estava prestes a chorar.

Era uma mulher muito magra com dentes enormes e olhos saltados. Ficava nervosa com facilidade e tinha o hábito de pairar à nossa volta na saída da escola. Para mim ela parecia uma galinha assustada, mas tinha um bom coração e se sentia realmente responsável por nossas entradas e saídas. Se eu não estivesse tão atordoada, teria me sentido culpada por deixá-la naquele estado. Mas eu não tinha nenhuma possibilidade de conseguir pensar nisso naquele momento.

— Estão vindo para cá! — disse uma das freiras que fora atender o telefone e agora saía correndo da salinha de recepção. — Estavam num telefone público. Sua mãe chorava como louca.

— E como não estaria louca? — disse a mulher e olhou para mim acusadoramente.

Senti um alívio absurdo quando vi meus pais entrando. Mamãe estava com os olhos inchados de chorar e papai parecia desorientado. Jamais vira os dois tão assustados. Abraçaram-me e ficamos os três abraçados, chorando. Eles não faziam a menor ideia de por que eu começara a chorar daquele jeito, mas eu não me importava. Estávamos juntos e eles só queriam me proteger. E eu não tinha nenhum outro lugar aonde ir.

21

Papai e mamãe estavam com o carro carregado e duas horas mais tarde a lancha virava a curva do canal. Apenas três fins de semana haviam se passado desde a última vez que tínhamos ido, mas parecia uma eternidade. Eu teria dado qualquer coisa para ver a figura de dona Ángela ao longe, mas o deque estava vazio. Havia cheia e o rio ainda tinha a cor cinzenta do inverno, que demorava a ir embora. Os salgueiros nus e a grama rala davam à ilha um aspecto desolado.

Mamãe protestou porque Chico não abrira a casa e a lareira estava apagada.

— Deixei uma mensagem de rádio no armazém — disse. — E eu havia dito a ele antes de viajarmos que neste fim de semana estaríamos de volta.

Papai lembrou-a da morte do Tordo.

— Coitados — disse papai.

— Espero que o rio não continue subindo — disse mamãe. — Você conferiu se teríamos uma virada de tempo com ventos do sudoeste?

Entraram numa discussão sobre o serviço meteorológico, que para mamãe era uma religião e para papai uma invenção. Pedi licença para ir até a casa de dona Ángela. Tudo o que acontecia parecia estar em outro mundo que eu observava de longe. Até meu corpo parecia alheio e se movia sem depender da minha vontade, e minha voz falava sem que eu sentisse que queria falar. Era como estar morta e ninguém perceber.

— Se o rio continuar subindo, vai inundar a casa deles — disse papai.

Eu já estava nas escadas. Havia conversas e cenas que se repetiam com mínimas variações, que nos davam a ilusão de segurança de que precisávamos. Se nada mudasse, estaríamos seguros.

Não estávamos seguros.

Eu inventara uma história, uma gazeta inocente, uma distração com o horário, e eles haviam acreditado e tinham sido brandos comigo porque me viram chorar. Pensei que fosse porque minha mentira estivesse bem montada, mas agora sei que era pelo tipo de coisa que eu sabia e não contava. Assim como eu não perguntara nada a Carmen, eles não queriam saber. Era mais fácil assim. Mas eles não faziam a menor ideia do que estava acontecendo. Como podíamos estar seguros?

22

Nem Bartolo saiu para me receber quando me aproximei da casa de dona Ángela. A porta estava fechada e de dentro não vinha nenhum som. Pensei que talvez tivessem ficado em Buenos Aires e fui até a oficina de Marito. As ferramentas estavam no lugar e o estrado continuava encostado na parede com sua colcha florida. Senti uma pressão muito forte no peito e não quis entrar. Era uma traição, as coisas estarem em seus lugares como se nada tivesse acontecido.

Estava prestes a atravessar a pontezinha quando tive a impressão de ouvir gemidos. Segui-os até a porta da casa de dona Ángela. Encostei a orelha contra a madeira e quase caí para trás com o solavanco que deram na porta por dentro. O latido inconfundível de Bartolo me tranquilizou. Comecei a falar baixinho com ele de fora, mas ele latia e uivava tanto que conferi se a porta estava aberta. Sabia que não era correto entrar assim na casa, mas precisava abraçar Bartolo.

A cozinha estava gelada. A cortininha barrava a luz da tarde e sem fogo aceso o ambiente estava mais úmido que nunca. Bartolo saltava ao meu redor, latindo. Sentei no chão para passar os braços em volta de seu pescoço. Deixei que ele lambesse meu rosto, meu pescoço, minhas mãos frias. Comecei a falar com ele, a contar-lhe tudo o que não podia dizer a ninguém. As coisas que dizia me faziam chorar, e ele lambia meu rosto molhado e gemia como se entendesse.

Mais tarde me animei a subir até os mezaninos. Não sei bem o que queria fazer, mas, assim que me aproximei, tive a impressão de que passara um furacão e mudara para sempre o espaço onde haviam estado os quartos do Tordo e de Marito. As colunas de tijolos continuavam de pé, ainda que algumas tivessem desmoronado, as tábuas que formavam estantes estavam caídas em desordem, empilhadas do jeito como haviam caído, em ângulos estranhos. Não se via um único livro. As chapas vergadas eram a única lembrança do peso da biblioteca que eu vira. Sem as paredes que os livros formavam antes, os três quartos constituíam um único espaço e parecia impossível que algum dia tivessem cabido três quartos naquele vazio úmido interrompido pelas colunas de tijolos e pelas chapas e tábuas caídas. O quadro da húngara também desaparecera. Na parede que fora do quarto de Marito só restava a foto emoldurada em papelão, dos ilhéus no corte de junco. Marito com os braços magros e o facão erguido. Arranquei a foto, beijei-a e fiquei sentada ali, com o retrato entre as mãos. Marito me fizera sentir que éramos um só, que íamos muito além de nós mesmos. O que tinham feito com ele esvaziava meu corpo. Ele e eu tínhamos sido um. Quem era eu agora?

A sineta de casa me obrigou a levantar. Foi difícil deixar Bartolo dentro da casa, e seus uivos de desespero continuaram soando na noite gélida até muito depois de eu atravessar a pontezinha e subir as escadas de nossa casa. Quando vi mamãe e papai na entrada pensei que levaria uma bronca, mas eles estavam preocupados com um clarão que parecia vir do velho clube de pescadores.

— É muito pequeno para ser um incêndio — dizia papai. — E, de todo modo, com essa umidade é pouco provável que um incêndio possa se espalhar.

Mamãe parecia menos convencida, mas a cheia do rio era o que mais a preocupava.

— Devíamos ter ficado em Buenos Aires — disse ela, e senti que de repente a ilha se transformara num lugar hostil para todos.

23

Antes que anoitecesse, papai decidiu que queria dar uma passada pelo clube de pescadores para ver como estava o fogo.

A água ainda não cobrira todo o jardim do clube, que era alguns metros mais alto que o de nossa casa, mas as ondinhas da lancha varreram as tábuas do deque com um pequeno baque. Os restos de uma grande fogueira ainda ardiam no pedaço de jardim que continuava a salvo da cheia.

— Que esquisito — disse papai.

Mas eu me dei conta do que era. Era como se soubesse desde o início e estivesse apenas esperando ter certeza, essa certeza que senti quando descemos da lancha e encontrei, jogado a um lado da fogueira, um pedaço da capa das *Odas elementales*, de Neruda. Em algumas horas, as cinzas de todos os livros que o Tordo lera em seus anos de amor com a húngara, os que meus amigos haviam lido em sua infância, os que Marito lera para mim em voz alta, estariam girando nos redemoinhos da correnteza. Papelão queimado, pedacinhos de papel, poeira cinza, se juntam e se separam, giram, afundam até terminar no fundo do rio. Com o tempo, ninguém se lembraria daqueles livros, ninguém saberia que haviam estado ali.

Várias vezes durante a noite saí para olhar o clarão. Às três da manhã, a luz quase se extinguira e o céu sem estrelas parecia ter baixado sobre a ilha como um véu negro. Aquela foi a noite mais escura de minha vida. Parecia que até as árvores haviam desaparecido. Sei que fiquei acordada na cama até de madrugada, que era impossível dormir; sentia como se estivesse esperando alguma coisa, mas não tinha ideia do que era. Adormeci quando a claridade desenhou a cortina de juncos na parede. Nem sequer ouvi a água que continuara subindo durante toda a noite até inundar o jardim.

EPÍLOGO

OUTUBRO DE 2007

Nossos antigos nos ensinaram que a celebração da memória é também uma celebração do amanhã...
A memória não é um voltar o rosto e o coração para o passado, não é uma lembrança estéril que fala de risos ou de lágrimas.
A memória é uma das sete guias que o coração humano tem para dar seus passos. As outras seis são a verdade, a vergonha, a consistência, a honestidade, o respeito por si mesmo e pelo outro e o amor.

SUBCOMANDANTE MARCOS

A lancha coletiva atravessa o Paraná de las Palmas sob um céu limpo. Os lampejos do rio se refletem no teto, na cobertura envernizada, no rosto e nos cabelos de meus companheiros de viagem. Há uma excitação no ar, um clima de festa, mas ao mesmo tempo está tudo contido, como se a pressão tivesse se acumulado por tempo demais e não tivéssemos muita certeza sobre como ela explodiria. Meu coração bate muito forte e não tenho dúvida de que a maioria dos passageiros sente o mesmo alvoroço que eu. Já reconheci alguns dos irmãos de Emil e um deles me reconheceu, apesar dos trinta anos que se passaram desde a época das fotos que ele deve ter visto. Viajo em uma das pontas da coletiva e cada um para quem olho está absorto em seus pensamentos. O barulho ensurdecedor do motor dá um descanso das conversas atropeladas da estação, das apresentações, da impossibilidade de resumir quem somos, por que estamos ali.

A outra coletiva vem por outro caminho. Já deve ter passado pelo deque de minha casa e estará navegando pelo San Antonio em direção ao Paraná de las Palmas. O encontro é na casa dos pais de Emil.

Tento não pensar em coisas tristes, tento deixar que hoje a alegria me envolva. Tudo se mistura. Um bando de patos em formação atravessa o céu. Vão juntos a algum lugar, como nós. Quando o que vai na frente cansar, algum outro o substituirá e assim, revezando-se, animando-se, trocando de posições, chegarão a seu destino. Ao baixar a vista, encontro os olhos do irmão mais velho de Emil. Não sei o que ele contou no CD. Ele não sabe o que eu contei. Juntos, todos nós montamos a história de Carmen e Emil para que Ariel os conheça.

O rapaz desce as escadas da casa e avança até nós, que estamos amontoados no deque, sem saber muito bem o que fazer a seguir. Meu coração despenca. É Marito que caminha em minha direção com o corpo descontraído, os braços soltos, o rosto aberto em um sorriso. Meus olhos se enchem de lágrimas. Não é Marito, é Ariel, digo para mim mesma, o filho de Carmen e Emil. Quando ele se aproxima, tudo volta para o lugar. Ariel começa a cumprimentar um por um. Cada um dos que estão aqui tem uma história para contar a ele.

— Alma? — diz.

Só consigo assentir. A gente se abraça. Não consigo falar.

Na casa, sobre uma mesa com fotos e presentes que os recém-chegados vão deixando, há uma caixa de sapatos forrada com papel pardo. "Lixo mnemotécnico", diz a etiqueta escrita com a letra decidida de minha amiga. As peças para a colagem de Carmen estão intactas: os postais que eu enviava quando saía de férias, os bilhetes da húngara, os desenhos e cartas de Lucio. Todas as entradas dos bailes da Felicaria aos quais fora com Emil amarrados com uma borrachinha. O convite em letras douradas para o aniversário do vizinho na noite em que pela primeira vez suspeitei que Marito talvez estivesse apaixonado por mim. Agora, sim, não consigo parar de chorar. Lucio me abraça por trás.

— Ei — diz ele. — Há tantos caminhos no mundo que nunca se cruzam. Você podia nunca tê-los conhecido.

Sinto os braços fortes de Lucio em volta de mim. Ele tem razão. Quero celebrar a vida. Quero celebrar que o amor entre Carmen, Marito e eu tenha existido. Quero celebrar que tenhamos encontrado Ariel.

Dona Ángela está sentada no deque. Tem as mãos apoiadas na bengala de madeira que Lucio fez para ela. Ajoelho-me diante dela. Abraço-a. Afundo em seu peito macio e quente, aperto a bochecha molhada em sua correntinha.

Sento-me ao lado dela e apoio minha mão sobre a dela. O calor de minha mão rodeia o calor da dela. Dona Ángela tem a mão áspera, como a de Carmen. Envolvo sua mão com a minha e é como envolver uma pedra.

— Encontramos ele — ela diz.

Encontramos ele. A pedra esmagou a tesoura.

ESTE LIVRO FOI COMPOSTO EM FREIGHT
E IMPRESSO EM PAPEL AVENA 80 G/M²
NA GRÁFICA EXKLUSIVA EM MARÇO DE 2023